NK INK INK INK INK INK INK
K INK INK INK INK INK INK IN
NK INK INK INK INK INK INK
K INK INK INK INK INK INK IN
NK INK INK INK INK INK INK
K INK INK INK INK INK INK IN
NK INK INK INK INK INK INK
K INK INK INK INK INK INK IN
NK INK INK INK INK INK INK
K INK INK INK INK INK INK IN
NK INK INK INK INK INK INK
K INK INK INK INK INK INK IN
NK INK INK INK INK INK INK
K INK INK INK INK INK INK IN
NK INK INK INK INK INK INK
K INK INK INK INK INK INK IN
NK INK INK INK INK INK INK
K INK INK INK INK INK INK IN
NK INK INK INK INK INK INK
K INK INK INK INK INK INK IN
NK INK INK INK INK INK INK
K INK INK INK INK INK INK IN
NK INK INK INK INK INK INK
K INK INK INK INK INK INK IN
NK INK INK INK INK INK INK
K INK INK INK INK INK INK IN
NK INK INK INK INK INK INK

Canon 8

騙

世紀末首戰

再戰 2012？

游鴻程・著

目錄

第三章　勸進小琳　一馬當先

第四章　打扁尊李　虛王迎宋

〈楔子〉一樣的人生，不一樣的過程

——馬英九V.S.陳水扁

一九五〇年，中華民國政府退守台灣後的第一個年頭，是蔣介石在台復行視事的年頭。在這一年裡，分別在香港和台南兩地，出生了兩蔣時代之後五十年，影響台灣政治至鉅的兩位人物——馬英九與陳水扁。

一九五一年，台南人吳三連（《自立晚報》創辦人），這位以新聞自由為矢志，推動、暗助台灣本土民主運動的自由派台灣仕紳，當選蔣氏王朝威權體制首年的民選台北市長。是年，一歲的馬英九，隨父親舉家自香港來台定居；陳水扁則在台南官田貧農家庭的襁褓之中，開始他奮發向上、努力不懈的人生。

同樣生在台灣大時代之中，馬英九與陳水扁可說是隨著台灣蔣氏元年而生，接續後蔣時代的台灣政治世代「接班人」。不過，在他們人生開始的起點，卻已被大時代環境，宿命地括分爲「外省人」和「本省人」。

那個年代，「外省人」、「本省人」，聽似族群分野，但大部分涵義，卻是「階級」的分野；是「統治」階級與「被統治」階級的分野；是「資產」階級和「無產」階級的分野。

在日據時代五十年的時光中，台灣人在法、政上的學習被絕對禁違。日本人走後，台灣人還來不及學習，如何在政治上管理自己與治理台灣之時，國民政府進駐，當然，無可避免地，發生「二二八事件」。

國共內戰，國民黨敗退到台灣。自此，以「外省人」爲主體的國民政府，延續日本人的步伐，統治著台灣，使得「本省人」對於這種「外來」政治勢力「被繼續」的情境，雖感到習慣，卻也隱然產生不耐與對抗情愫。

終於，「外省人」富於朝、「本省人」窮於野的情勢，隨著國際社會變化，逐漸生成變異因子。

一九九八年，馬、扁兩人在台北市長選舉競逐中，扁陣營喊出「貴賓狗」與「土狗」差異，就是要喚起這種寓於省籍的階級意識。不過，扁陣營在以中產階級爲住民骨幹的台北市裡，發出這樣的階級意識呼喊，反而是有利於馬英九這種形象的對手。

馬英九與陳水扁同在台灣政局重整後的起跑點上前進，但兩人卻在兩路條件迥異的跑道上奔馳。他們倆完全不同的身世背景，不可等量齊觀的求學、成長環境，卻培養出同樣堅毅性格，形塑幾近相同的競爭條件，終至在同一平台上較勁。

一九五二至一九七九年間，中華民國在內政和外交上，面臨退出聯合國、中美斷交、蔣介石去世、美麗島事件等足以令台灣風雲變色的大事。當時馬英九和陳水扁均未及而立，只是繼續讀書、立業、成家，爲著後來二十年的競爭，作充分準備。

一九八一年，馬英九和陳水扁的人生，進入「在朝」與「在野」的分庭抗禮階段。馬英九如同一般外省菁英，取得美國哈佛大學法學博士學位回國，進入總統府擔任第一局副局長，並在政大法律學系研究所兼課，成爲當權者的官僚。馬英九循以此途，獲得官長賞識，徐途累積日後在政壇發光的實力。

陳水扁則在一九八〇年，投身威權統治時期最大一次在野勢力群眾運動——美麗島事件。當時的他，加入美麗島律師團，從此進入試圖解構體制、擁民意奪權的在野陣營。一九八一年，台灣發生駭人聽聞的「陳文成命案」，促使黨外人士投身省、市議員選舉。就在這一年，陳水扁成爲台北市第四屆市議員。當時，他與謝長廷、林正杰號稱「黨外三劍客」。

十年後，馬、扁二人入不惑之年，台灣威權政治也隨蔣經國去世而結束。兩人經過四十年各自努力上進，取得政壇一席之地後，於一九九一年四月，首次同台較勁，辯論「修憲V.S.

制憲」。此次交鋒，無論在形式或實質上，並無所謂輸贏，但兩人在政壇發展的「順、逆」情勢，使台灣政治發展，產生巨大「輪轉」。

一九九四年，是馬、扁二人在政治事業上順、逆境的關鍵。陳水扁當選，成爲台灣解除戒嚴，開放省、市長民選後的首任台北市長。陳水扁與吳三連同爲台南人，適巧又與吳三連同爲創造台北「第一次」的人。吳三連是「前蔣」時期，以「非國民黨」身分，選上蔣氏在台灣恢復視事後的首屆民選台北市長；陳水扁則是「後蔣」時期，宣布解除戒嚴後的首屆民選台北市長。

陳水扁在歷經台南縣長落選、妻子車禍癱瘓與蓬萊島誹謗案入獄坐牢的顛沛期後，於焉進入其逐登廟堂之上的政治高峰期，加上強勢新穎的「行銷式施政」，讓阿扁在台北市長任內的表現，可謂令人耳目一新。那時的他，聲望如日中天，無人可與之匹敵。

反觀馬英九，依然循著傳統國民黨菁英政治官僚的路徑，兢兢業業於崗位與職守之上。在其擔任法務部長任內，肅貪、抓賄不遺餘力，惟殊不知其公務員一貫信仰的官長已變，李登輝早已不是當年的蔣經國。馬英九極力消除黑金、政商掛勾的同時，李登輝並非承經國之風，以便當、梅花餐果腹，而是堂而皇之的與地方派系、財團金主，燕窩、魚翅宴、高爾夫小白球團敘。

馬英九的奉公守法，確實累積一定的社會聲望。但是，他的作爲，在政治現實上也確與當道相違，而注定其仕途流離的命運。畢竟，官僚權力來自於當道，故與當道理念相左時，僅有兩路可行，一是妥協合流，二是掛冠求去。馬英九遂於情勢所逼及主流驅使下，流離部長、政務委員職務。一九九七年忍痛發表「爲何而戰，爲誰而戰」的「辭職棄選」聲明，從此結束十六年的官宦之途，成爲「平民百姓」。

雖重爲平民，但馬英九新的政治起點也從這裡開始。經過將近一年的長考，馬英九終究還是走進訴諸人民取得權力的競技場中。一九九八年五月底，馬英九宣布參加國民黨台北市長選舉初選，自此，馬英九結束和陳水扁之間，近五十年各展其途的競爭態勢，正式站上同一個擂台，正面交鋒、開戰。

綜觀馬、扁兩人生平與政治歷程，無論在形式或內涵上，實如太極之兩儀，黑中有白，白中有黑，你順則我逆，我大則你小，陽盛而陰衰，陰盛則陽衰。但無論盛衰，二人總是同時存在著，互爲陰陽地「輪迴」競爭。縱使一九九八年，馬盛而扁衰，使馬英九成爲迄今「唯一擊敗阿扁」的人，卻也由此因緣，成就阿扁「否極泰來」，由衰再盛的結果，始得總統大運至今。

然而馬英九也自九八年之後，透過選民自主選擇的民主程序，於二〇〇二順利連任台北市長，更在二〇〇四年以求於野的選舉策略，取得國民黨黨揆寶座，從仁愛路的東端一腳跨進仁愛路西向盡頭、凱達格蘭大道路端的總統府門前。成爲泛藍選民期待「唯一」能在二〇〇八年奪回政權的政治明星，如同阿扁在二〇〇〇年被泛綠選民期待「唯一」可以從國民黨手中奪得政權一般。

阿扁自一九九四年到二〇〇四年間在泛綠陣營中獨領風騷十年，馬英九則自一九九八年到二〇〇八年間獨領風騷十年，時推勢移，他們雖然分屬不同陣營且在不同的時期引領風潮，但都相同地在各自的政治陣營中完成了世代交替和派系整合，而一枝獨秀。同年的馬、扁兩人，在累積了相同的政治資糧，再一次站上同一個擂台較量時，可能是二〇一二年。不過，馬、扁在政治、國政上的競爭，屆時究竟孰盛孰衰？迄今無人可逆料，惟可引證的是，「順天而行，取民心而得其位者，大盛之」。

第一章

老友歸隊 馬軍成形

五月參選　組軍應戰

一九九八年五月卅日，馬英九為台北政壇投下震撼彈，民調也給他極大鼓舞，當他一宣布參選，立即以五成多的高支持率拔得頭籌，初期就在氣勢上壓過施政滿意度高於八成的對手陳水扁。雖然如此，馬英九仍不敢輕忽，畢竟離投票日還有六個月，因此，他積極地部署輔選人力，初期階段從自己人開始著手。

馬英九宣布參選之後，社會上，因有個清新選擇而人心鼓舞著；國民黨內，黨工們也因有個人特質夠強的候選人參選，輔選難度得以舒緩而士氣大振；公職候選人方面，則是高興有隻具大光環的「母雞」，可以當被照耀的小雞，年底就可以比較好選。至於，馬英九要如何達到他們所期望的功能角色？這可得馬英九自己來傷腦筋了。

馬宣布參選後，起始動作是由「四〇一高地」的林氏夫婦開啓的。他倆將其公司六樓會議室及十樓辦公區與會議室，全部騰空出來，當作馬英九競選總部未成立之前的工作根據地。幕僚蔡茂岳則聯繫祁止戈將「市政家教小組」召回，著手進行市政議題方面的規畫。然而，在所有選舉中，候選人身邊總會出現一種現象，即「卡位」動作。

爲何要卡位？因爲選舉是一場戰爭，人人都想要有戰功，對主子有所貢獻；占得機先並取得好的戰鬥位置，才可發揮自身優勢。這樣的觀念，充斥在競選團隊中。因此，種種不成文、不爲外人道的情事，便無可避免地發生在選戰當中。

小組成員都知道，蔡茂岳對馬英九的忠心，也知道他想對馬英九有所貢獻的心。小組成員曾經在「市政家教課輔」時，向馬英九建議，正式參選時，必須要在黨部、義工以外，成立一支以馬英九爲核心的「馬家軍」。當時，馬英九雖然未置可否，但同意選舉決策主導權不能被黨部牽著走的說法。蔡茂岳於是希望，那支「馬家軍」就是「機動組」，也就是透過他引介而成立的核心部隊。

六月二日，所有人都明瞭了，馬英九當時不置可否的原因。原來是卡位競爭者將隨之出現。馬英九正式宣布參選後，他第一個去找他的政大同事——金溥聰，與他洽談團隊成立事宜。這舉動顯示，馬英九即使有意願成立「馬家軍」，那個帶領馬家軍的「頭兒」也是金溥聰，而非蔡茂岳。這點，是儘管「心思縝密」的蔡茂岳也始料未及的。縱然他跟著馬英九許多時日，卻未深知其學者菁英性格，與因此而根深柢固的「用人哲學」。

金溥聰曾經擔任過記者，但時間不長，後來出國深造取得博士學位，回國進入行政院研考會工作；是時馬英九擔任主委，他就和馬英九熟稔。據知，金溥聰兩次婚姻都是馬英九證婚。由此看來，無論從質性上或時間長度上，馬英九從自身核心向外尋人，自然會是該階層與管道的人才。

在這樣的氛圍下，國民黨基於主席李登輝的態度未明，故尚無大軍進入團隊，馬英九只得自己先找金溥聰幫忙。不過，輔選圈子裡，金溥聰認識的人十分有限，可信任者又有幾希？故金溥聰只得以「抓住馬英九」定調，鞏固自身地位。整場選戰下來，金溥聰就負責有關馬英九「個人」形象的策略、文宣，嚴格說來，蔡茂岳跟金溥聰之間，實在沒有競爭關係，有的只是和馬英九「單獨相處」的時間分配上，產生排擠效應而已。

馬英九第一次參選，誰能幫他打選戰？能打選戰的人又在哪裡？其實他自己也是「茫茫然」。儘管如此，競選團隊還是得組成。於是，他在行政方面，找了在研考會時期的總務康炳政來執事；行程秘書工作，就找有十幾年情誼的許淑萍。不過，她只幫馬三個月不到，就因爲新聞局的工作不能放棄，而回任原職，馬遂又透過政大同事，介紹了方惠中，延用至今。

在主要組織方面，馬英九找了政大公行系教授吳秀光、東亞所教授李英明等人，基本上，馬英九初期，若硬要說有「馬家軍」，其成員也大概就是這些，從政大找來的教授和文人了。

機動組初期與這些教授們，在磨合上進展的並不是很順利。因爲選舉實務，尤其是在對陳水扁的選舉實務上，機動組總認爲教授們陳意過高，打高空居多，什麼高格調選舉等辭語此起彼落，實際行動方案卻顯空洞，故那時經常以「蛋頭」稱之。這樣的稱謂方式傳至馬英九耳中，馬英九便很不悅地要求蔡茂岳，「叫機動組不要再稱教授們蛋頭了。」

一天，蔡茂岳扭扭捏捏地，來到機動組辦公室，開口說話時，像嘴裡含了個魯蛋似地，「老闆叫你們不要再叫溥聰、秀光他們蛋頭了。」當場，全組的人大笑，紛紛翻倒在地。因爲，大家覺得這句話很「蛋頭」。

金火入駐　檯面成軍

陳水扁在一九九四年市長選舉勝出後，「一帥二將」的選舉團隊模式，於焉成爲參選必勝的方程式。陳水扁有羅（羅文嘉）、馬（馬永成）兩名大將（一爲文宣，一爲組織）；馬英九則有金、火——金溥聰和林火旺護持。

馬英九宣布參選，即商請金溥聰爲他進行競選團隊籌組工作。不過，金溥聰明白，其任教的政大新聞系生態，非他個人可以完全控制的。所以，幫助馬英九籌組之事，他只能以檯面下「義工」的方式進行；至於檯面上，他則另外推薦其他人。

金溥聰的考量，馬英九完全理解，也能夠諒解，遂請金溥聰另外幫他找尋適當人選。這時，政壇上正受到馬英九兩百多次「說不選」，卻起身一砲，說要參選的影響。無論是競選對手或政敵，都拚命用「誠信」來質疑馬英九參選的合理性；而馬英九也確實深受其擾，但又沒人可爲其抵擋或緩頰。即便其所屬的國民黨爲他跳出來說話，其正當性和說服力，仍都是不夠的。這時，最好有個與國民黨或馬英九無直接相關的公正人士，出面爲馬英九說句公道話，才能眞正解救此刻的馬英九。

六月初，《中國時報》「民意論壇」版，出現一篇談誠信的文章。內容洋洋灑灑地，寫了二千餘字，其重點在於闡釋馬英九這樣的誠信問題。文章說到，馬英九此舉，是「重大義而不拘小節」的「至誠至信」作爲。全篇說理及思路，至爲清晰與條理分明，該文章作者署名爲林火旺，台大哲學系教授。

金溥聰在報上看到這篇文章，可說是喜出望外。基於身邊也沒有適當人選的情況下，便建議馬英九找林火旺。林火旺係本省人，對於平衡馬英九的外省菁英形象有極大助益；二則，林火旺是台大北知青黨部主委，對於學生的動員能力應該不差。故在這樣的建議和分析下，馬英九主動探詢林火旺意願，並達成共識後，林火旺隨即成爲「檯面上」馬英九第一個進用的選舉幹部，並開始進行籌組競選辦公室事宜。

六月十日，國民黨確定提名馬英九參選台北市長後，馬英九也開始下指令運作競選工作。在馬英九之下，因已形成金、火組合，選務工作遂得以如期推進。金溥聰在形式上，是「地下工作人員」，不過，其定位爲掌策略的策士幕僚，因此，每日和馬英九彙報民調、提文宣建議，是金溥聰的主要工作。自此，金溥聰成爲馬英九的文宣策士，如同羅文嘉對於陳水扁所擔任的角色，故他也成爲馬英九競選期間，全總部與馬英九「最親近」的幕僚，及「私密接觸」最多的幕僚。

至於林火旺，由於是檯面上馬英九正式對外宣稱的辦公室主任，因此，他最主要的就是對內負責籌組辦公室的工作。當時，整個辦公室，只有馬英九自法務部帶來的人，而這些人又都跟在馬英九身邊；因此，舉目所望，能找到的就是已辭職投入總部的機動組成員。

於是，林火旺一進駐「四〇一高地」，就立即與機動組成員討論整個選情的鋪陳。從交談中可以得知，林火旺是個非常率眞而直爽的人。他投入馬英九陣營，是因自有執著的理念，他對於陳水扁蠻不講理的施政風格，十分不以爲然；相比之下，他認爲馬英九的風度，才是台北人需要的台北市長。

但是，對很多馬迷來說，林火旺本土而純樸的外形及率眞性情，與他個人的表達方式，是怎麼看都不順眼、怎麼聽都不順耳的。因此，最早期由林火旺代表馬英九上《全民開講》等扣應節目時，馬迷便把不順意的氣，全出在林火旺身上。每每林火旺上完節目，辦公室就湧入一堆抗議電話，追罵「馬英九沒人啦，不能換個人上節目啊？」

當然，林火旺可發揮的功能，不僅於辦公室籌組的行政業務上，他還有一項重大任務，就是白皮書撰寫工作。這項工作，由林火旺依專業，舉凡交通、治安、財政、教育、社會、環保……等項目，各找一位或一組教授（預定白皮書撰寫人），先就專業部分與馬英九晤談

（其實就是上課，雖然一年前有市政家教，但馬英九似乎對學者上的課感覺比較可靠）。六月期間，每天早上八、九點開始，馬英九就和一位學者，在「四〇一高地」十樓會議室「上課」。

金、火二人，在工作分配上，一人主文宣，一人主組織與政策，各司其職理應互不相干、相安無事，但實則不然。由於林火旺主掌的政策白皮書與文宣政策「有關」，自然就與金溥聰司職的文宣相干。況且，金溥聰一直要爲馬英九這場選舉，定調爲「馬英九個人特質的一場戰爭」，在金溥聰的思維裡，馬英九個人，完美且不可侵犯之形象的完整性，絕不容許任何人予以破壞。這其中，當然還包括選舉幕僚的策略、行爲和言語，皆不可傷害到馬英九的形象，或讓馬英九背負這些差錯。

可是，這樣的要求，談何容易？金溥聰是檯面下運作的人，可運作的空間自然寬廣許多。反觀林火旺，因是檯面上人物，是個隨時要和外界接觸的發言人，這樣的要求，自然使他處境爲難。再加上林與馬的交情，並非如金溥聰般，有著十年以上的同事之誼，臨陣上場的林火旺，當然只能用自己的方式，去達到所謂「對馬英九好」的表現；要林火旺達到金溥聰所認爲的完美境地，實在也是強人所難。

就因這種認知上的差異，這期間，兩人發生多次齟齬。八月份，林火旺的情緒因白皮書進度不佳，加上內部同僚間工作配合問題，他索性以學校派赴國外進行學術研討之名，向馬英九請假，到美國「散心」。不過，後來基於個人責任感使然，林火旺並未一去不復返，回國後，專心投入選戰工作。

總之，在馬英九初期參選階段，可謂是「舉劍四望心茫茫」。金、火兩人入駐，可說是替馬英九的參選大業先立了個里程碑，而金、火兩人間的「合作關係」，卻也從此時，有著極大的不同。

這個不同，乃是林火旺一直在外圍，以顧問身分協助施政；而金溥聰卻是直接或間接地參與市府決策。這大概也是二○○四年，馬英九不顧外界質疑，執意由金溥聰回鍋高陞副市長，「直接」掌握市府運作時，林火旺卻憤而辭去新台灣人基金會（馬英九當選後用選票補助金成立的外圍組織）執行長及市府顧問職務之原委。

包裝馬英九專家——金溥聰

一直以來，金溥聰都是馬英九最稱職的化妝師與品牌行銷顧問。在選戰期間，金溥聰的文宣策略，即堅持強調與圍繞在「人」的訴求上，專注於馬英九個人形象包裝的文宣策略，除不斷強調馬英九人品敦厚、英俊體面、高學歷、流利英文外，還要凸顯馬英九在擔任法務部長期間的「政績」。

因此，「馬之內在」，便把馬英九比喻成一匹馬，然後從頭到腳、由內在到外在，品頭論足一番。總部logo也以馬英九個人爲主軸，製作出「跑步者」形象的標誌。

金溥聰雖擅長「包裝」馬英九，但對於市政卻是「外行」。筆者回憶起，當機動組製作完成第一份區政白皮書（萬華區）時，筆者即按照當時競選總部「任何文宣出手，都要經過金溥聰這關」的「規定」，拿著才剛出爐的區政白皮書，要給金溥聰「過目」。只見，金溥聰倉皇對筆者說，「這是你們的專業，我不懂。若是你們覺得沒有問題，即可出版。」

當時，金溥聰這番話，也的確道出，他為何總是「堅持」打馬英九「個人形象牌」的主因。金溥聰的專長，既然僅限於文宣、民調分析，那麼，他堅持以自己所擅長的招式「出招」，確實也無可厚非。但競選期間尚可如此，馬英九真正坐上台北市長寶座時，就不光是靠「宣傳」即可，而是需要「眞材實料」才能穩住打下的江山。

正所謂「人盡其才」，只「擅長」作文宣、搞形象的金溥聰，在吳惠美之後接任「新聞處長」，應是可使他發揮長才的。但金溥聰總自詡自己是危機處理專家。諷刺的是，他為了處理外部危機，反製造了內部信心危機，成為府會齟齬的那隻「驕傲的公雞」，製造出許多府會關係與行政機關的失和問題。

馬英九上任周年慶前夕，南港線發生跳電事件，當時，馬英九接受了金溥聰的建議，採取「斷尾求生」、「棄車保帥」策略，拿局處官員開刀，嚴懲捷運局相關官員之外，又為了所謂形式上的公平，以新店線擠軌事件為由，拉捷運公司下來墊背，懲處副總以下之相關人員，讓這兩個單位員工在過年前，領到一個「記過」、「申誡」的大紅包，引發強烈反彈。

反彈聲音驚動市府，馬英九見苗頭不對，立即安排一趟捷運「安撫」之旅，分別和捷運局、捷運公司員工座談，聽聞兩單位員工的憤慨陳辭，陳述對其支持「不值得」等語，表達心中不滿。

金溥聰的「斷尾求生」、「棄車保帥」之策，配上馬英九的「不沾鍋」性格，成爲政壇絕配。無怪乎，馬英九會在外界沸沸揚揚聲中，堅持讓金溥聰「回鍋」接任副市長一職。

這樣的布局，造就的後果就是，當艾莉颱風來襲，北縣三重大淹水時，雖說是捷運施工所致，但整個北市府第一時間卻沒人有能力，區分出「賠償責任」與「管理責任」，幫助馬英九作出正確判斷。否則也不至於產生先跳出來「道歉」，並「誇口」說台北市會負責的說法，讓台北市民對馬英九產生「慷他人之慨」之惡感。

見獵心喜的民進黨，乾脆來個「打蛇隨棍上」，紛紛跳出來砲轟、猛打馬英九，北市府對於善打市政牌的民進黨，根本「束手無策」。就這樣，台北市還正瀰漫在不滿馬英九爲總統之路而討好北縣選民，卻要北市民「買單」的氛圍下，卻又頻頻看見媒體報導著馬英九年少時，「當風紀股長很嚴」的這種新聞。

可見得，當北市府對於市政問題的「攻防」既然束手無策，那麼，只得請出回鍋高陞副市長的金溥聰，繼續發揮他的「專長」，把已經被民進黨在市政問題上攻擊的「體無完膚」的馬英九，好好進廠維修「再包裝」，讓他永遠都可以「偶像藝人」之姿，轉移「市政無能」之實。

K黨坐視　老連相挺

馬英九起身一砲宣布參選，在基層和許多推動此案的黨政人士眼中，或許是一大利多；但在國民黨高層，尤其李登輝心裡，卻未必如是想。當時的國民黨，仍然是以李登輝爲核心的父權統治式政黨。馬英九代表國民黨出來參選，究竟是好是壞，在李登輝沒有作出表示和指示之前，誰也不敢妄動。在選舉道上算是初出茅廬的馬英九，沒有國民黨龐大資源的支持，恐怕連開辦都很難。所幸，馬英九有第二大老連戰力挺，否則，歷史的結局，恐怕就不是現在這個樣子。

對於連戰來說，馬英九參選台北市長，是他從一九九六年就有的想法。連戰和當時的國民黨秘書長吳伯雄一樣，一直推動馬英九參選，挑戰陳水扁。然而，當這個計畫持續地進行時，一向愛惜羽毛的馬英九，卻選擇尊重自己的感受，發表辭官退選聲明，著實給連戰極大的難堪。

馬英九在聲明中，直不龍咚地批評當道。而當道是誰？當道就是李登輝（總統），是連戰（行政院長），他們都是馬英九的長官，而連戰更是希望馬英九出馬參選的人。一九九七年五月底，馬英九給連戰的難堪雖然未退，但並未因此打消連戰對馬英九打敗陳水扁的期待。

一九九八年五月底，馬英九一宣布參選，連戰就私下一再地關切馬英九的選情狀況。在黨內，李登輝雖未表態，但連戰仍不怕冒犯李登輝、自毀個人前程（當時李登輝尚未表態由連戰接班）地公開表示，支持馬英九參選。不但如此，連戰還多次在公開場合中與馬英九一起參加公益活動，舉凡六月十八日帶著馬英九到台東太麻里大溪國小捐贈電腦、六月廿一日在台北舉辦全國視障協力慢跑活動中，連戰皆不避諱地和馬英九同台，以副總統之尊，拉抬馬英九的氣勢。

連戰對馬英九的支持，還不只是「出力」而已。馬英九甫參選之際，可說是身無分文，但當時，他的競選辦公室卻已陸續進駐人員，籌備著競選團隊工作事宜。縱然這些人員大部分都是以part time方式幫忙，但仍有部分是全職人員（如機動組），所需人事開支已然不少，再加上行政辦公室所需物品，樣樣都是開銷，必須有經費才能夠支應。林火旺雖然銜命整編辦公室人事制度及薪資，但「錢在哪兒」的無奈，經常困擾著他。

直到八月，競選團隊已在「四〇一高地」運作兩個月之久，大夥兒才終於在中旬左右，領到第一筆酬勞。但這筆錢，不是國民黨撥下的經費，而是政大教授吳秀光銜馬英九之命，藉吳秀光和連戰的關係，向連戰情商「周轉」。據吳秀光當時所言，「老連先借了兩百萬，我們才發得出第一筆薪水。」這時，大家才明白，原來機動組領到的第一筆薪水，是連副總統發的。

八月，國民黨中央，除章孝嚴秘書長曾到「四〇一高地」參與幾次會議外，黨工輔選幹部尚未有任何進駐的跡象。林火旺這時，再也頂不住「總操盤」這樣一頂大帽子。於是競選團隊內，經討論決定延攬教育部國教司長單小琳進入團隊。可是，當時馬英九與她素不相識，不知從何下手，多次勸進不成，最後還是單小琳的長官——連戰先生出面相勸，始為選舉戰局掀起另一波倒向馬英九的高潮。

選舉熱戰到十一月，李登輝始終不願正式為馬英九站台，導致造勢晚會站台明星經常屢請不到。尤其是國民黨內高層人士，總是說好要到卻又臨陣未達。每當造勢晚會碰到這種被神祕嘉賓「放鴿子」的情況，就只好趕緊請出主任委員陳健治上台，砲轟陳水扁墊檔。

正當團隊面臨氣勢不易拉抬時，十一月廿二日，連戰以國民黨副主席的身分，在馬英九「來台的故鄉」——艋舺（萬華）區政說明會上站台。當天連戰出現讓馬英九的選情加溫到沸騰，整個龍山寺前的廣州街、和平西路，全部被爆滿的人潮擠得水洩不通。直到最後一天

（十二月四日）的遊街拜票，連戰都是陪著馬英九，在車上沿街拜票。

馬英九當選那天，連戰因率團出國，未能到場祝賀。然而，在飛機上的連戰，仍非常關心馬英九的選情，隨時了解開票進度和實際情況。在確定馬英九勝出的同時，連戰還在飛機上開香檳慶賀馬英九當選。

相較於國民黨中央（以李登輝爲核心部分）的態度，連戰對於馬英九的支持，可用不遺餘力來形容。當然，馬英九也不負所望地，在這場選戰中，擊敗陳水扁，拿下全台首善——台北市，爲國民黨兩千年的總統大選選情，開出先期紅盤。

不過，連戰對馬英九的一路「相挺」，卻未能使他在二〇〇四年總統大選拒絕接受「選舉結果」時，得到馬英九的「全面支持」。兩者相較之下，走在政治這條路上，連戰待人之「敦厚」，才可謂是「一路走來，始終如一」。

拜訪「老友」決定策略

一九九八年北市長選舉，雖說是「馬、扁」對決，但嚴格說來，應該是一場「反扁」VS.「挺扁」的戰爭。馬英九在資訊及人脈上，都要確實整合所有反扁勢力爲己所用，才能對他產生助益。但當時，以他對台北市政壇的陌生程度，初進北市的馬英九，猶如「狗不理」，因此，馬英九宣布參選初期，只得趕緊拜訪許多「老朋友」，尋求支持與奧援。

泛藍陣營（包含新黨），在一九九四年失去台北市政權之後，和陳水扁之間的對抗，可說是節節敗退。泛藍這種雜亂無章、沒有統一性的對抗動作，反而增加陳水扁的表現機會。因此，泛藍陣營內政治勢力的整合工作，就成爲馬英九必須積極運作的事。

當時，黨國大老如孫運璿、郝柏村、許水德、邱創煥等重量級政治人物，馬英九都已在參選初期，以各種不同形式拜訪、請益。馬英九知道，孫運璿在未來選戰中，將是因應吳淑珍「輪椅牌」的重要指標性人物；郝柏村則是可以整合揭舉新黨黃旗爲主的黃復興黨部和軍方勢力的重要人物。

此外，馬英九更重視，可能鬆動往陳水扁方面傾斜的勢力。因此，李登輝是他首要見的人。馬英九宣布參選後，李登輝始終不發一語，而陳水扁又不斷對外公開，他和「李總統」的親密「互動」。陳水扁刻意釋放，十四、十五號公園爲何要拆，他到李登輝家中吃飯、把酒言歡等訊息，有意混淆挺李選民視聽，企圖告訴選民，「李總統雖然是國民黨主席，可是馬英九不聽話，李總統還是喜歡陳水扁。」

據此，馬英九一再地，積極請吳伯雄、陳健治安排，他與李登輝會面之事。不過，李登輝用一個多月的時間，吊足馬英九和所有人的胃口。當時，馬英九沒有氣餒，他見不到本尊，那麼分身也行，六月廿二日，馬英九主動拜訪時任國民黨青工會主任的總統女婿賴國洲，表面上談青年政策，骨子裡當然是希望賴國洲能間接影響李登輝，盡早出面力挺馬英九。

六月廿五日，馬英九又親自拜訪黃大洲。眾所周知，黃大洲和李登輝之間的師生情誼，可謂相濡以沫。雖然李登輝不表態，但透過黃大洲間接表達的方式，對選民訴求也具相同效果；更何況，當年黃大洲是被陳水扁打敗，而失去北市長寶座的，當他以「前台北市長」之名，受邀出席自己開工動土、卻由陳水扁完工的剪綵場合時，竟受到陳水扁對他的冷落與羞辱，這是黃大洲沒齒難忘的。

看到馬英九來訪，黃大洲當然傾囊相授，對其訴說市政建設的許多內涵，並表達定會全力相挺。的確，黃大洲在後來的選戰中，可說是卯足全力，除用力站台外，還派出他的夫人林文英到市場拜票，著實把馬英九這場選戰，當作是自己的「復仇之戰」。

北市政壇領域，雖議長陳健治是馬英九出馬的有力推手，但北市議會國民黨團的「陳家班」（地方派系出身的議員，適巧都姓陳，一般是以陳健治爲首，後以書記長陳政忠領銜。成員爲陳錦祥、陳永德、已故的陳進棋、陳玉梅），在陳水扁執政期間，透過馬永成的居間穿針引線，一般被認爲是在陳水扁政府很「吃得開」的國民黨議員。

另一部分勢力則是如李慶安、秦慧珠、陳學聖這一類，當年要挑戰立委的問政型議員。他們競選立委的聲勢，較之馬英九競選市長，可謂強出許多。因此，在某場造勢晚會中，秦慧珠被工作人員擋在台下，不能上台時，就對筆者抱怨說，「阿不拉，你搞清楚，我們是鐵當選的，你們馬英九還不一定選得上。是我們來拉抬他，現在還不讓我們上台，搞什麼？」秦慧珠的話，的確道出當時馬英九競選時的窘境。

爲了攏合這兩股勢力，馬英九在六月當中，兩度造訪北市議會，拜訪市議會黨團。且機動組亦知，以馬英九和台北市的淵源不深，議會勢力不可忽視，於是，又私下安排地方型且重量級的議員蔣乃辛、林晉章和馬英九見面晤談。

對馬陣營來說，還有一種「老朋友」，即爲媒體記者。除機動組退役記者外，當時幾乎如影隨形地跟著陳水扁跑新聞，又出書隨寫陳水扁的《聯合報》記者董智森，也在機動組的安排下，和馬英九晤談一個下午，讓馬英九從另外的角度，更深入了解他的對手。

伯春健三公組成高層

國民黨向來在競選總部組織上，由上而下，一層層鋪陳下去。因此，「主任委員」、「後援總會長」、「總顧問」之類的職位，一定得先安排妥當，爾後總幹事、副總幹事及各工作組別，才會依序安排。

「伯公」——吳伯雄，是馬英九之所以能夠出馬參選的重要推手，輔選馬英九自然是天經地義的事。只是，當時的他貴爲總統府資政，其政治輩份無人能比，究竟要安排他在那個位置上，實在具高度困難性。

還好，吳伯雄是位體貼的政治人物。他也知道，要馬英九或任何一個馬英九所屬的競選幕僚，安排他的職務和角色，不但是強人所難，更是不倫不類。因此，他自己表態，要在外圍幫助馬英九。

「伯公」經常對人說，「我在外面人面廣、人頭熟，以後援總會長名義，用後援會的身分，在外面幫忙拉票，效果會比在總部裡面好太多了。」因此，那時吳伯雄成立「伯仲文教基金會」，作爲外圍後援組織，基金會位在新生南路的招待所，選舉期間還提供作爲宴請記者的場地。總部人事方面，當時馬英九及幕僚均屬意馬英九當選後擔任市長辦公室主任的廖鯉，擔任新聞組長。不過，當時廖鯉在高鐵集團擔任高薪的發言人，總部人員不知該如何勸進，遂想起廖鯉曾是吳伯雄的機要，可說是吳系人馬，除直接與之商談外，也透過吳伯雄出面勸說，始成就這樁人事案。

吳伯雄對於馬英九競選總部後援總會定位非常清楚——總部側翼部隊。後援總會也成爲競選總部在文宣、組織及經費支用上，可彈性運用的閥門。更重要的是，以吳伯雄的政治資歷，看過太多競選總部內部的矛盾和爭執，以側翼身分居於制高點，觀察選情及輔助選戰進行，不但不失吳伯雄身分，也能讓其發揮更大的輔選能量。

「健將」（日語發音ㄎㄧˋㄢㄐㄧˋㄤ）——陳健治，雖然當時已不再參選議員，可是以他六連霸資歷和兩任議長的地方實力，對於引領馬英九進入北市政壇與陳水扁匹敵，可說是不二人選。因此，競選總部主任委員乙職，便由陳健治擔任。

陳健治也是勸進馬英九出馬競選的重要人物之一。他如此積極地輔選馬英九，又以打扁戰將之姿入駐總部，可謂事出有因。一九九七年，陳健治有感於許多老議員即將退職，又孑然一身，故與陳水扁政府協調，推動議員退職金法案（後遭譏諷爲自肥案），結果先被在場媒體記者以拒絕採訪方式阻斷，隨後又以大篇幅報導修理。媒體這樣大動作反彈，使得身爲議會大家長的陳健治，首當其衝，社會形象大壞。

當時，陳水扁政府對此事件，不但沒有共同承擔「合謀」責任，反像踢落水狗般說，「他們敢要，我就敢給，只是看他吞不吞得下。」這樣幸災樂禍、撇清關係的話，讓陳健治大爲光火。

其後爲了有線電視系統業者評選問題，陳健治接受協調，與時任新聞處長的羅文嘉會談。不料，羅文嘉竟私下錄音，爾後還拿出錄音帶，指控陳健治關說，大抹陳健治的「黑」。這件事，又讓陳健治更加怒不可遏，使得他藉由輔選馬英九來「打扁」出氣的意味濃厚。

話說回來，在政治上，陳健治自己雖不選議員，除了想交棒給胞弟陳義洲外，也得顧慮議會裡許多國民黨籍議員要競選連任。所以，基於老議長同儕之情，運用馬英九光環，使馬英九能夠發揮母雞帶小雞的競選成效，也是陳健治輔選馬英九最重要的政治任務，與自我期許的政治責任。

「春公」——詹春柏，時任國民黨台北市黨部主委。對國民黨來說，當時在台北政壇的頭號人物，除議長陳健治之外，就屬他最紅。一九九八年，詹春柏基於職責，又身肩三合一選舉輔選之重責大任，北市長是三合一選舉中的核心部分，故詹春柏入駐總部「督軍」，是理所當然的事。

其實，詹春柏的重要任務，一是將國民黨基層脈絡與馬英九競選總部主力部隊串連、鍵結在一起，以發揮整體戰力；二方面，成爲馬英九競選總部和立委、議員選舉策略的整合平台。所以，「春公」在總部經常扮演提醒「馬往前衝，但別忘記，後面還有馬車（立委及議員候選人）」的角色。

詹春柏在這場三合一選舉中，最能掌握的是議員選舉提名。他在此次選舉中，整合出一組「好小子聯盟」參選組合，企圖在第八屆議會，培養出像第六屆議會時秦慧珠、陳學聖、闕河淵、謝有文、陳雪芬、張玲這樣形象清新的問政組合。如此一來，不但可爲黨培養新秀，更可爲馬英九的選局提供清新、肯衝的外翼部隊。

「好小子聯盟」共有六人，台北市六個選區一區一個，剛好三男三女。男的都是外省籍、媒體出身，女的都是本省籍、黨政要員或地方仕紳之後。他們的選區分布及背景是，第一選區（士林、北投）賴素如，律師，北投仕紳之女。第二選區（南港、內湖）吳世正，中視記者，黃復興黨部提名。第三選區（松山、信義）陳孋輝，警廣主持人，國民黨組工會主任陳瓊讚姪女。第四選區（中山、大同）王浩，東森電視台主持人，黃復興黨部提名。第五選區（中正、萬華）陳惠敏，華視記者，黃復興黨部提名。第六選區（大安、文山）林奕華，世新講師，連震東文教基金會執行長，前教育部次長林昭賢之女。

果真，「好小子聯盟」搭配「好男人」馬英九參選，在母雞帶小雞的效應下，六席全上，並且在四年後，第九屆改選中，再度和馬英九一起連任。

第二章

市政家教　蓄勢待發

說不選還選　是為民族國家

一九九七年五月底，一篇情辭剴切的辭官退選聲明，震得朝野政壇灰頭土臉。但好事者，尤其是媒體，一方面總不認爲馬英九說退選就眞的不會選；另一方面，又期待著「馬、扁世紀對決」的戲碼，可以在一九九八年底上演。故在一年之中，陸續問馬英九二百多次參選意願，而馬英九都是同一個答案——「不選」。不過，馬英九自己不選，但「抬轎人」和「黨國大義」，可都容不得他不選。

馬英九辭去行政院政務委員之後，隨即到政大擔任教職。這段期間，他其實對於自己個人的光環及溫度，仍是不遺餘力地保持著，舉凡路跑、慈善捐款、捐血等各種公益性質的活動，馬英九可說是無役不與。

在他「暫時」拋下參選舞台後，馬英九的幕僚們，仍不放棄地、默默進行基層扎根工作。當時身爲馬英九頭號幕僚的蔡茂岳，一直在中山、大同區和當地部分人士，有著密切的聯繫。另外，在「四〇一高地」的吳主委，仍爲馬英九做著學校之外行政事務的服務工作；在其自家大樓內的辦公室，可看到馬英九定時在那裡，學習上網、看資料或與當時的市政家教們，保持某種心理上的聯繫。

當馬英九如閒雲野鶴般，自在逍遙地當「公益人士」時，政壇正上演一幕幕的鬥爭戲碼——凍省、廢宋、連宋配不配、連戰接班與否、李登輝是否透過修憲再連任等，消耗政治人物能量的政治鬥爭劇。不過，這些搬上檯面的劇碼，已與甫宣布退出政壇的馬英九無關。

政治鬥爭戲碼中，最嚴重的凍省、廢宋，還造成曾情同父子的李登輝與宋楚瑜反目，間接造成國民黨再次分裂的危機。在這樣的氛圍及國民黨傳統父權政治運作下，一九九八年開春時，「誰來選台北市長」的問題，竟然成爲國民黨的頭痛難題。

這頭痛難題，持續在國民黨中發酵，於焉陸續發生規畫人選昏倒、想選的不被規畫等情事。這時浮上檯面的人選，除趙守博、章孝嚴、吳敦義外，最後又霸王硬上弓，拱出胡志強，才幾乎確定提名他上陣挑戰陳水扁。國民黨提名人選時的進退失據，在在都凸顯國民黨面對陳水扁時的弱勢，黨內人士甚至整個黨，幾乎可用「膽氣已失」來形容。而當時眞能給國民黨人士「壯膽」的「救世主」，似乎只有馬英九一人。

的確，當年極力推動馬英九，出馬「截殺」陳水扁的吳伯雄，在國民黨內一陣「ㄑㄧㄠˊ」

不出人選來的時候，默默地在黨內找尋能夠出面勸服馬英九披掛上陣的人，而最終，他想起馬英九一生最重視的人，他的父親——馬鶴凌。

就在媒體幾已確定，胡志強要爲國民黨披戰袍挑戰陳水扁的同時，吳伯雄、馬鶴凌於廿九日約馬英九在晶華酒店會談。雖然，當時馬英九直以他個人重然諾的原則推辭，但他父親對其一番曉以大義，尤其一句「黨國需要你，你怎能夠推卸呢？」當場使馬英九紅著眼眶，簽下委託書，再由馬鶴凌及台北市議會議長陳健治代繳委託書，完成黨內初選登記。

在此之前一年，馬英九辭官退選，搞得國民黨上下錯愕；一年後，他卻突然含淚參選，搞得另兩位參選人陳水扁、王建煊一臉惶然。但在民主選舉制度下，對手怎麼出場不重要，總不能一開始就口出惡言。因此，王建煊聽聞此事，只能不示弱地說「參選到底。」陳水扁則輕描淡寫地說，「誰來參選都歡迎。」（筆者：不歡迎又能如何？）

時光推演迄今，馬英九說不選又出來參選已有六年多光陰，支持者、馬鶴凌仍深信只有馬英九能夠擊敗陳水扁，只有他才能夠整合國民黨和泛藍的資源，在「選民期待」及「黨國大義」驅使下，找到能量爆發的臨界點，跳出來參選並取大位。

二〇〇四年，連、宋再度被陳水扁擊敗，大家又想到馬英九，而馬鶴凌也再次表態，要馬英九考量「黨國大義」、當仁不讓，挑戰二〇〇八的總統大位。但馬英九依然持其謙謙君子的「風度」，表示「只想把市政做好」。

然而，所有想抬轎的、曾經抬轎的與正在抬轎的，迄今都還扛著「黨國大義」這頂大轎子，在馬英九面前晃悠著，只等哪天馬英九又再度深感大義不可推，再次「說不選還選」地跨步上轎，直奔仁愛路西面那一頭，踏上馬英九的總統之路。

反扁基地四〇一高地

「四〇一高地」是馬英九競選團隊成員們，對信義路四段四百零一號的稱呼。這棟樓的六樓和十樓，原是一家貿易公司的總部，後來變成馬英九辭官後，暫時棲身的「非教職」辦公室。「四〇一高地」在馬英九揭舉競選旗幟時，當然也成爲團隊成員們最初期聚集、開會的地方。

「四〇一高地」在馬英九當選之後，更成爲市府首波人事敲定之地、市府「陽明黨團」私下運作的處所。在這裡，因爲馬英九的參選，更因爲馬英九的當選，而發生許多故事。這裡的男、女主人，也因此成爲這場戰役中的要角。

這個「基地」的主人是林健昌，平時人稱林董；女主人姓吳，人稱「吳主委」。「吳主委」平時照顧著工作人員，尤其是馬英九來到基地時，更熱心張羅其飲食點心，故「吳主委」

之稱謂，便不脛而走。

這對「林氏夫婦」在馬英九身邊的角色，就類似陳水扁身邊的「羅氏夫婦」。但話說回來，林健昌是如何與馬英九牽上關係的？主要因爲馬英九身邊重要的隨身人員蔡茂岳與林健昌爲拜把之交，而蔡茂岳是馬英九擔任法務部長期間，從獄政司拔擢至身邊來的重要幕僚。因此，馬英九參選台北市長事宜，自然授權其在基層找尋資源，故此，身爲蔡茂岳拜把交的林健昌，便成爲其首要相挺的重要人士之一。

林健昌是一名成功的貿易商，交際關係亦是相當繁密，其中包括後來擔任馬英九競選總部後援會主委的國民黨大老吳伯雄、時任台北銀行董事長的廖正井（一般稱之爲「吳系人馬」）與明華園團長陳勝福等人。林健昌在馬英九市長選舉過程中，除扮演「場地提供者」，更在後援系統中，成爲重要的「後援支持者」，當中包括對廖正井的反策反聯繫、勸服明華園出面公演相挺馬英九等工作，林健昌都盡了相當大的力量。

也因爲如此，在馬英九當選台北市長之後，台北銀行董事會改選名單中，無巧不巧出現「林健昌」的名字，引起外界側目。於是有人向新黨議員費鴻泰檢舉，指出林健昌債信有問題不符資格，讓甫上任沒多久的馬英九，蒙上「濫用私人」的指控及質疑。後經一番檯面下的折衝及協調，北銀以「撤換」林健昌收場。

事實上，了解馬英九個性的人都知道，硬說是馬英九以「酬庸」之心安排此人事案，絕不可能，頂多是林健昌運用自己的人際網絡，獲得此職務，馬英九予以「默許」而已。後來「出包了」，基於長期對馬英九的支持，保有馬英九之清譽及免讓廖正井爲難，林健昌私下找人和費鴻泰溝通，自行宣示辭去北銀董事之職，才讓此事了結。

而林健昌的妻子「吳主委」，則是一位賢淑的傳統女性，平日在其公司擔任行政業務的工作。當年，馬英九的「粉絲」，可說是遍及天下，但能常伴其左右者幾希，「吳主委」成爲少數中的一個，也可說是位「幸運的馬迷」。

馬英九在一九九七年五月間，辭官退選到政大教書，「吳主委」特別在十樓的會議室旁，清出一間房作爲馬英九的私人辦公室，並放置一台可上網的電腦，方便馬英九在這段較無公務的時間，到此學習及練習上網。一九九八年競選初期，尚未成立競選總部前，這個房間一直是馬英九的個人辦公室，另這段期間，馬英九幾次出國回來，還是由「吳主委」開車到機場接機的。

競選期間，「吳主委」知道馬英九喜歡吃零嘴，平時便準備馬英九喜歡的零食，一盤盤放在馬英九開會、休息的地方，讓馬英九可以隨時取得他愛吃的零嘴。當時吳主委任職的公司正推廣上市的補身飲品，有一種強調由冬蟲夏草提煉而成的「同花順」（其功能類似現在市面上「蠻牛」之類的飲料），是馬英九每日不可少的飲料，每回馬英九跑完行程，一回到辦公室，必定先喝上一瓶補充體力，平時開會看資料時，更是依賴該飲料充電。

競選期間，「林氏夫婦」確實不計代價地支持馬英九。以這棟樓來說，當馬英九正式宣布參選之後，馬英九得以立刻進駐十樓的辦公室；原先十樓會議室也隨即改成馬英九競選前進指揮所。由於其地點近於市府，在心理上確實也有挑戰現任市長的感覺。「羅氏夫婦」爲陳水扁政治前途所投注的心力，相對於「林氏夫婦」爲馬英九政治前途所貢獻的心力，實然不分軒輊，但兩對夫妻最後所得到的際遇卻是「大相逕庭」。從這樣的「差別待遇」，也可看出馬、扁二人其政治性格的重大差異。

在「四〇一高地」裡，馬英九會見許多黨國大老；在這裡作市政問題的學習；在這裡運籌競選主軸；在這裡聘用金溥聰、林火旺爲其籌組總部；進用機動組，負責選戰政見、文宣、造勢及市政議題攻防資料的準備工作；在這裡接見並聽取以林正修爲主的台大城鄉所師生意見，修正對城市改造的看法；在這裡面見陳文茜，決定勸進單小琳成爲策反戰略的主調；在這裡由當時國民黨秘書長章孝嚴領銜，召開第一波形象廣告審查會。此外，馬英九更在這裡，討論當選後第一波市府小內閣名單與運作兩千年總統大選陽明黨團的工作。

「四〇一高地」裡，發生太多和馬英九擊敗陳水扁有關的故事，使得競選後期，陳水扁陣營操縱族群攻勢，將辦公室主任林火旺等人說成「賣台集團的棋子」，並將這裡抹黑成「賣台集團的基地」。當然，這種論調，也許聽來可笑，但也從這樣的選舉操作中顯見，陳水扁陣營眞的發現，「四〇一高地」確實是馬英九擊敗陳水扁的眞正根據地。

市政家教　確定反扁決心

一九九七年農曆年後的每一個週末，「市政家教小組」都會齊聚在「四〇一高地」十樓會議室，向馬英九簡報及討論有關市政議題。看到這裡，馬迷們一定很納悶，馬英九都已經是博士了，怎還要人家教？而這群臭皮匠，又能教他些什麼？

筆者回憶起第一次上課，也是筆者第一次見到馬英九本人。對其第一印象，確實是個高大英挺的謙謙君子。上課當天，原本相約下午兩點會面，不過馬英九因爲行程拖遲，以致晚了十分鐘左右。他一現身，五位與他不甚熟識，甚至可以說是素未謀面的「家教」，全跟著他的幕僚們，立身起來迎接他，反倒是他頻頻表示「不好意思」，並緩步走向我們，一一握手請大家坐。這是筆者與馬英九的第一次接觸，也是特殊接觸的開始。

第一次的議題是交通議題。嚴格說來，這是一個選市長的人，最重要的選舉課題。陳水扁在一九九四年的選舉中，打出一句非常打動台北市民心窩的話，「兩年改善交通」。原因是，當時台北市正受著各項重大工程施工影響，路面不平、停車面積不足、塞車無分時段的交通黑暗期，以致選舉口號打動民心，得到理性選民的認同和支持，進而當選。馬英九亦深知這一點，所以特別專心聽取筆者和謝欣豫對於台北市捷運及交通方面的分析。

當時兩人對於正氣橋拆遷的重要性作了詳細的陳述，所以此項目成爲馬英九當選的重大交通設施改善計畫。此外，筆者也就台北捷運方面分析，讓馬英九明白，交通黑暗期並非陳水扁當選才度過的，而是誰當選都一樣可以度過。捷運圍籬到一九九七年以前，因爲這一、二年工程進度的關係，該拆的都得拆了，只要圍籬一拆，路自然就通。值得注意的是，陳水扁在捷運工程和營運施政上，攏合許多專業人才，方是其最大優勢。

馬英九對此頗感興趣，進一步向筆者詢問緣由，筆者向其說明道，陳水扁利用木柵線全面體檢的方式，爲他達到兩項目的。首一，爲他選舉期間所說「木柵線應打掉重做」的選舉承諾解套；二是，透過體檢小組成員的組成，從中尋覓可用的工程專業長才，此舉可超脫受限於國民黨長期培養和壟斷人才市場的窘況。

接著，馬英九詢問，有哪些人是透過此法重用的？筆者表示，最指標性的人物，是當時中油公司董事長陳朝威。雖然他未參加體檢，但在體檢過後，他爲陳水扁接下捷運公司董事長之職，與法商馬特拉公司打贏漂亮的一仗，讓陳水扁在木柵線議題上，得以完全地將首開此建設的國民黨政府給比下去。之後尚有捷運局長林陵三（現爲交通部長）、副局長江耀宗（體檢小組機電組召集人，現爲華航董事長）、郭清江（體檢小組系統組副召集人，現爲工程會副主委）、林能白（體檢小組營運組副召集人，現爲台糖公司董事）。

而在捷運系統安全性及工安問題上，筆者也清楚地向馬英九簡報，捷運系統工程到一九九七年這個階段，已是收割期，工程方面問題交給工程師處理，未來著重點應是通車後的營運管理。因此，未來最重要的課題，是在都市交通整合工作上，如大眾運輸系統（捷運、公車）整合。以上提及相關之議題，馬英九皆認眞地記下筆記並與會討論及溝通。

由往後數堂課中可以得知，馬英九最有興趣的，是包括筆者在內，這群整天圍繞在陳水扁身邊跑新聞的人，對陳水扁所持有的看法。此舉倒也合理，一個要挑戰市長寶座的人，對於對手的了解是非常重要的。因此，在每一堂課中，小組都會把陳水扁的施政缺點指明出來，而攤開陳水扁當年競選白皮書，也不難發現，在他二年多施政當中，眞正落實在市政建設上的選舉承諾，兌現率極低。

當時，馬英九聽到這樣的敘述，原先深鎖的眉頭又然開朗，可見他對陳水扁的政治性格存在負面評價，早已深植內心深處，也因這樣的評述，發覺自己與對手間足以分出勝負的差異，即是他是個重然諾的人。此點，在他當選以後，對其白皮書所提政見的兌現程度，便可見一斑。

馬英九當然也想知道，他在市政記者眼中的印象，故有一堂課即安排馬英九參選個人形象之比較分析。然而，成員五人中，對馬英九實在不熟悉，所有印象都從媒體而來，要批評或吹捧都不知從何下手；況且，那陣子還有媒體作「性幻想對象排名調查」，結果馬英九排名頗高，小組認爲，若馬英九仍被定位是娛樂版上的政治人物，並不利於選舉。

因此，在小組安排的政治性格及社會形象之比較課程中，將李登輝、宋楚瑜、連戰、陳履安、林洋港、施明德、趙少康、郁慕明、陳水扁、謝長廷等十多位政治人物，加上劉德華、黎明、郭富城等演藝人員，一併放入與馬英九作比較。當時，筆者還對馬英九說，「您是要選台北市長，不是要選中國先生，所以希望您能從其中，找到競選形象定位。」馬英九很專心地聽完這堂分析課，不過，沒有討論，更沒有評論，只是很專注聆聽。

在一九九八年正式選舉過程中，馬英九最終沒有選擇小組提供的人選，爲其個性形象定調，或是選擇多個部分以組合成一個「適合選舉的市長候選人形象」，而是選擇作他自己——馬英九，成爲獨一無二的行銷品牌。

機動組何來？

「機動組」？怎麼競選總部會有個像情治單位的組織？一九九八年十月，在馬英九競選總部成立之前，爲了替總部各個單位正名，馬英九對這個最早引領他參與市政之旅的單位，思來想去後，命名爲機動組，用以凸顯這個單位的專案性質與定位。

一九九六年十二月底的一個午后，當時仍在《聯合晚報》擔任市政記者的筆者，截稿後，到台北市議會尋找採訪素材，適巧碰到從議員辦公室走出來的《中國時報》議會記者祁止戈（曾主跑法務部，與蔡茂岳熟悉）。祁止戈比手勢，示意筆者過去，並對筆者說，「阿不拉（游之俗稱，係借日語「油」之諧音），過來一下，跟你商量一件事。」兩人即在議會七樓議員辦公區前大廳坐下。

祁止戈開門見山地說，「哎！有人要選舉，有沒有興趣一起來幫忙？」當時筆者心想，三合一選舉（北高市長、市議員及第四屆立法委員）還有整整兩年，議員任期也還有兩年，立委又才剛上任，誰會七早八早的要出來部署選舉？於是好奇反問，「誰啊？那麼早就在動。」祁止戈手掩口鼻附耳說，「馬！要選台北市長。」筆者感到頗爲新鮮，心想，政壇上當時只有馬英九被「冰」到行政院政務委員位子的消息，至於國民黨對一九九八年台北市長選舉與二〇〇〇年初總統大選間的關聯性盤算，多半外界所持的看法，是找個可抗衡陳水扁但又拉不下陳水扁的人來選，好把陳水扁「鎖」在台北市，免得總統大選時出來「鬧角」。所以，像馬英九這樣的一級戰將，國民黨理應不會推出來硬幹當砲灰。

沒想到，吳伯雄這個黨國大老的思維卻是與眾不同。他認爲，找個可以把陳水扁「截殺」在台北市長一役的人，以滅其威、弱其勢，讓國民黨在兩千年總統大選中，不會受到陳水扁參選或助選的影響。故以吳伯雄爲首，私下已在黨內運作馬英九出馬參選台北市長之事。而馬英九亦有此意，故讓法務部時期體己的幕僚蔡茂岳，爲其尋找了解市政、了解陳水扁施政的人士，先爲馬英九「補習」，免得一出馬，就被陳水扁譏爲「與市政無關、不懂市政的人」。

祁止戈又接著說，「我就找你一個，市政記者你比較熟，你再找個兩、三個不同領域的人，來商量商量，但馬這檔事還沒曝光，要小心處理，別張揚，以免造成對方困擾。」就這樣的因緣，蔡茂岳找上祁止戈，祁止戈找上筆者，筆者又分別從市政圈中，找到交通和教育記者出身，對陳水扁施政不滿的《中時晚報》記者謝欣豫、《聯合報》記者范植明及筆者當兵同袍譚世坪等人。

幾人經過溝通後，分別依領域分工準備資料，由蔡茂岳安排，從一九九七年二月開始，每週六下午在「四〇一高地」十樓會議室，固定為馬英九「補習」，經過數週的簡報、溝通、討論，五人組成的「市政補習小組」，已提供馬英九市政方面最重要的交通、治安、都市發展、社會福利、教育、勞工及陳水扁施政不當之處等議題內容，讓馬英九有了初步的資訊。

清明節前後，馬英九出國，「市政家教班」暫時停課。這一停就讓小組成員有一年的時間，再也沒有見過馬英九。因馬英九在三月期間參加十四、十五號公園預定地拆遷戶聲援行動後，眾所周知，國民黨高層有意要馬英九參選台北市長，馬英九也確實私下進行備戰工作。但這時，社會上發生白曉燕命案，緝凶行動不順利。五月底，馬英九發表「為誰而戰，為何而戰」的辭官退選聲明，震得整個政壇昏頭轉向，也讓身為馬英九長官及恩師的連戰與極力推薦他參選的吳伯雄一臉錯愕。

事隔一年，社會改變許多，白曉燕命案破了，台灣省被凍了，李、宋決裂了，政壇一陣紛亂。國民黨臨陣又找不到適合的台北市長人選，直到五月卅日，馬英九終於在說過二百多次不選之後，以「家國大義」考量，出馬參選台北市長，挑戰陳水扁。

五月卅日的聲明中，馬英九表示，老朋友該回來了。「市政家教小組」成員當時並不覺得馬英九指的那個「老朋友」會是自己，直到隔天晚間，祁止戈打電話給筆者，表示「阿Sir（蔡茂岳係警官出身，故以此暱稱）要我們明天到林董（林健昌）那兒聚聚，談後面六個月該怎麼做。」

就此，「市政家教小組」成爲最先進駐「四〇一高地」的一個工作組。馬英九雖六月初剛宣布參選，但接下來要面對的，還有國民黨內部，包括李登輝的態度、提名程序事宜等要擺平。因此，對於小組進駐及工作團隊組成的細節，他完全沒有涉入，只是交代金溥聰和林火旺先行和小組磨合。

直到六月十日，國民黨中常會確定通過，提名馬英九參選台北市長。週日的全體會報中，由黨部高級幹部、馬英九學界友人、馬英九原官署的部屬及「市政家教小組」代表祁止戈，共同討論總部組織成立事宜。馬英九首先表示，「有誰可以全職來輔選的？」當時，除了祁止戈舉手，表示可以辭職投入，其餘皆面面相覷，紛紛表示都很願意幫馬英九，但都只能part time，甚至可以義務幫忙。

因此，全職參與市政相關議題，如組織、新聞、文宣、活動、資訊、情報、動員、行程等項目的規畫及執行工作，便落在辭職投入的祁止戈和筆者所組成的小組中。小組成員從原來的五人，隨著任務擴張，加入數位辭職投入的市政記者，舉凡《自由時報》李克齊、《民眾日報》宋綠珩等，加上外圍不便曝光的官員、媒體記者、專業人士、學者等人後，工作小組成員約有三、四十人。

十月廿五日總部成立前，整個總部爲每個工作組進行定位、命名，羅列出文宣、活動、動員、組織、新聞、義工等組別。因每個組別的任務明確易懂，反而造成這個被謔稱爲「退役記者小組」的本小組，因工作內容無所不包、定位困難而不知應如何命名。最後，馬英九鑑於本組的專案性質，借調查局「機動組」之名，爲本小組定名。

選後，外界完全不知道馬英九競選總部有此組別，使這個工作組成爲「名無實存」的小組。其因是當時祁止戈爲求低調，在十月九日競選團隊記者會前一天，偷偷將「機動組」和他的個人照從會場海報上摘下，記者會時，也獨缺機動組站在台上，全組成員跟一般民眾一樣，只是坐在台下，爲台上夥伴鼓掌加油。

十四、十五號公園拆除實錄

馬、扁爭鋒，是從這宗拆遷案正式拉開序幕的。因爲，曾經參與這場拆遷案的人，不但各個成爲一九九八年馬、扁對決，主要意念與創意構想的供給者，甚或有人，乾脆直接投入此爭鋒交戰的角色之中。這場拆遷案，精準地說，是「反扁大戰」的重要入門戲。

說起拆遷案，得先談談十四、十五號公園。這個地處於台北市中山區康樂里南京東路一段以北、林森北路兩側，自林森北路一分爲二，東側至新生北路範圍，稱爲十四號公園，面積爲三一五公頃；而其西側，則爲十五號公園，面積共一三三公頃，合計約四四八公頃。

日據時代，這片土地曾是日本人的公墓，其中包括第七任台灣總督明石元二郎的墳塚在內。拆除前，這個墳塚早已被販商隨意陳置的雜物與該「違建社區」的公共廁所包圍。這個「違建社區」，多半住著當年跟隨國民政府來台的軍人；這些異鄉客，在那個兵荒馬亂的年代，初來乍到這個人生地不熟的蕞爾小島，即使曾有整軍經武、準備反攻大陸的遠大抱負，但仍得先覓立錐之處棲身才行。

在這樣的時空環境促成下，這些當年等候著國民政府帶領他們「反攻大陸」的老兵們，一待就是近半世紀，而他們也在這個當年以爲只是「暫居」的墳塚間，過著「人鬼同居」、「中日雜處」的日子。

拆除前數月的一個午后，幾位老伯聚在屋前，邊聽著廣播裡傳來的京劇，邊唱著〈華容道〉的段子，邊接受記者採訪。「你們住在墳塚堆裡這麼多年，有沒有怕過？」一位操著濃烈山東腔國語的老伯，回答說「日本鬼子？活人我都不怕了！在抗戰時，打得他們屁滾尿流，何況現在是死人！我就睡他們頭上，睡一輩子，死了還要葬這兒，壓在這些日本鬼子的頭頂上。」

老兵們這種融合於實際生活的民族愛國情操，最終沒能實現。一九七五年，隨著台北市都市發展步調，這曾爲城外「三板橋」的區域，已成爲台北市市中心區，綠地、美化已成必須，故北市政府將此處規畫爲公園，編號爲十四號和十五號。然而，基於居民長期居住的情感及政府施政的資源與決心，自李登輝擔任市長至黃大洲，期間歷任六任市長、十六年時間，總有各種因素，致此案無法成功。

惟黃大洲在末代官派市長任內，扛起台北市各項重大建設開工的重擔，陸續拆除中華商場、七號公園等近萬戶違建，總算讓捷運南港線、大安公園、基隆河截彎取直等工程得以進行。

黃大洲希望，在他最後兩年任期內，能夠解決十四、十五號公園拆遷及建築案。不過，一九九三年以後，他爲進行公共工程拆除違建戶的堅強意志，卻受阻且停滯。其中轉折來自於帶領拆遷戶抗爭的要角——禚家餃子館的大姊禚淑雲。

一九九三年間，台北市議會甫從中山南路、忠孝西路口舊大樓，搬至仁愛路現址。在七樓議員研究室區，就不時出現一位面容姣好、略帶風霜的中年女子，穿梭其間、打躬作揖、附耳淺談、苦情申訴。這個人就是禚淑雲。

禚淑雲平日除照顧禚家餃子館外，其餘時間，全數投入爭取違建拆遷戶權益的拚鬥工作中，斡旋於市府和議會之間。禚淑雲在當地父兄付託下，以康樂里長身分和陳水扁政府進行「先建後拆」的談判、抗爭歷程；然而，禚淑雲與陳水扁政府的角力，實非陳水扁上任才開始，而是在黃大洲任內時即已如火如荼地展開。

她積極地出現在議會，四處陳情，是因爲看到與十四、十五號公園案有類似背景的中華商場及七號公園拆遷戶，相繼在市府堅強意志驅使下，由怪手推進，傾頹在煙塵之中，走入歷史。所以，當黃大洲拆除令旗也直指十四、十五號公園，且信誓旦旦地，要求年底必須拆除完畢的同時，禚淑雲明白，再不團結就來不及了；再不站出來積極陳情，那麼，生活在這塊土地上近半世紀的父兄，就將被迫離開；曾經雞犬相聞的老鄰居們，屆時，就要被迫天各一方。

第六屆市議會，維持著國民黨絕對過半的優勢局面。當時，因有如秦慧珠、陳學聖等青壯改革派議員身居其中，所以，他們即使面對同黨官派市長，亦常不假辭色地質問、批判。加上前有中華商場、七號公園等抗爭事件，禚淑雲深知，拆遷實屬必然，但透過議員訴求，其安置權益談判及預算審查權，應可再拖遲一段時日，屆時，拆遷戶與市府的談判戰線，便可拉長。

在「禚大姊」的奔波努力下，北市議會果然在一九九四年、第六屆第九次大會的預算審查會期中，擱置十四、十五號公園拆遷預算。同年，又正好是解嚴後第一次民選省、市長，黃大洲代表國民黨參選，其宣傳政績焦點，便轉移至捷運系統與七號公園上，一時也無暇理會十四、十五號公園拆遷工作。因此，十四、十五號公園拆遷抗爭談判戰線，延至市長大選以後。

有鑑於此，以台大城鄉所夏鑄九教授爲其市政白皮書規畫班底的陳水扁，當時即承諾，十四、十五號公園「先建後拆」。緣於這段因緣，禚淑雲和城鄉所教授們產生聯繫，也因此與馬英九執政後擔任民政局長的林正修熟識，所以，當陳水扁「食言」選前給予公園拆遷戶的承諾時，禚淑雲、城鄉所、林正修攜手掀起一場激烈抗爭，分進合擊地就不同戰鬥位置，投身一九九八年馬、扁大戰的馬陣營之中。

陳水扁漠視民意強拆屋

十四、十五號公園違建屋舍的命運，隨著台北市長民選、易主而改變。一九九四年市長選舉之後，陳水扁遵守他所承諾十四、十五號公園「先建後拆」的原則，並依此向各界爭取拆屋的配合。

孰料，一九九六年六月，北市政府政策卻突然急轉彎，以「新」的安置計畫及發放救濟金的方式處理該案，並決議於一九九七年春節過後拆除完畢。此舉，讓所有拆遷戶及各界人士大爲譁然。當然，拆遷戶們知道，抗爭勢所難免，只是，這一次籌碼少了，時間緊迫了，一切頹勢全傾向拆遷戶這邊。

陳水扁在個人光環及公權力在手的優勢下，以及他在政治上的堅定意志力，眾所周知，十四、十五號公園違建，「這次拆定了」。隨之而起的，是各種尋幽訪古的採訪報導，取代了聲援「先建後拆」的聲音；而由祿淑雲所領導的抗爭，也只能被定位在與市府協調安置條件的一般新聞。這次，拆遷戶能夠與陳水扁政府對抗的策略，除了「拖」、「吵」、「罵」外，沒有任何系統性的招式，可以抵擋市府推土機開進他們近半世紀以來所居住的家園。

至於，究竟是什麼，促使陳水扁更改他的競選承諾，讓政策急轉彎，非要強行拆除以至受人唾罵？這個原因，坊間傳言甚多。唯一有跡可尋的是，在此決策作成的前、後，媒體上報導著李登輝接受日本媒體採訪，並表達有意出訪日本的意願；及明石元二郎家人透過日本交流協會，表示有意遷葬位在十四、十五號公園預定地內的先人遺骨，與日本交流協會人員拜訪陳水扁等新聞。

是巧合還是刻意安排？總之，陳水扁這次讓人感到莫名不已的決定，或許讓他達到了他想要的「某種交易」。但卻也不容否認地，因爲這個決定，無形中醞釀了「反扁勢力」與其集結，而讓他在下次北市長選舉中「付出代價」。

年終將至，北市議會第七屆第五次大會，於一九九七年元月二十七日，通過十五億餘元的拆遷費用。這時，十四、十五號公園預定地上的住戶們知道，年過後，注定就要各奔東西，離開這立足數十年的「老地方」。

只是要離開，也得轟轟烈烈地走。加上曾經支持陳水扁的台大城鄉所師生，此次未能坐視市府的「橫行」，也站在拆遷戶這一邊，私下籌畫著各種社會運動，「圍爐」、「嗆聲」、

「串連」、「組織聯盟」、「抗爭」等活動，從二月即陸續展開。

一九九七年二月五日，是那年農曆春節的小年夜。拆遷戶舉辦「歲末守家園」最終年夜飯圍爐辦桌活動。這一天是團聚，也是離別的開始，更是向陳水扁政府宣示抗議的手段之一。

因此，除一路相挺的台大城鄉所師生，政治人物絡繹於會場，或聲援，或安慰，不一而足。然而，最特殊的一位政治人物，就是時任行政院政務委員、主導「都市更新條例」立法的馬英九，也出現在圍爐會場。

他怎麼來了？原因很簡單。當時，他是國民黨內出馬參選台北市長，呼聲最高的規畫人選，確實有人私下建議並安排馬英九出現，以作爲馬英九「從中央進入台北市的敲門磚」。

過完年，市政府果然施出鐵腕，公告斷水電、發放補償金等訊息。老大不情願離開的住戶，四處陳情，求援無著。二月二十六日，市府拆除前一週，住戶翟所祥在其住處被發現自縊身亡，成了台北市近十年內爲公共拆遷工程身亡的第一人，社會譁然，也爲這項拆除工作蒙上一層晦暗的悲情與憤然。然而，這仍沒有改變陳水扁在三月四日拆除完畢的決心。

三月三日下午，位在林森北路兩側公園預定地拆遷戶的前排店面，趁著最後機會，「清倉拍賣」一番，而在陋巷內的住戶，絕大多數都已搬離。位在十四號公園、林森北路東側預定地內的住戶，多半都是轉手承租、承購違建來台北討生活的南部人，而非原來的榮民住戶，所以，搬離與否，倒也沒有太多的情愫交雜。

至於聚集較多榮民的十五號公園預定地內的住戶，雖然許多人已被市府安置到別處，但他們在這一天又回來了，只見陋巷中有青壯的居民穿梭著，有社工人員逐戶勸訪著，有記者搶時機作採訪等等，氣氛顯得肅殺而混亂。居民雖然明知已抵擋不了陳水扁的推土機，可還是企圖讓陳水扁知道，「俺不是好惹的」；要讓陳水扁明瞭，他出爾反爾、鴨霸施政的後果及下場。

隨著夜幕低垂，人馬雜沓的公園預定地違建屋更顯悽楚和冷冽。間隔其中的林森北路，平日本就車水馬龍，在這一天更是越夜越走不通。管區索性封鎖道路，林森北路便成爲無論動機、不管目的，只要想和這件事沾上邊兒的各界人士聚集、表演、宣洩的舞台。

夜漸深，整個拆遷屋區域並沒有跟著安詳地沉睡，反而益之沸騰。拆遷戶、警方、「觀光客」，將林森北路「塡充」成人行步道及「觀光夜市」。政治人物當然也趁此機會絡繹於途，新黨公職如南區立委朱惠良、李慶華及市議會黨團成員楊鎭雄、費鴻泰、璩美鳳、賈毅然、秦儷舫等人，成爲最早到場關切的政治人物，並揚言要與居民共同守夜。畢竟，拆遷戶們的出身背景和許多新黨公職頗爲類似，新黨先至倒也合理。

稍頃，混亂人群裡，出現《中國時報》記者祁止戈。當時，他向筆者介紹兩位友人，一爲前《台灣日報》市政組長譚肖虎，另一位是前中影導演梅長錕。他們兩人當晚的任務，是將拆遷前後的所有片段，以紀錄片的方式拍攝下來。當然，這一天並非他們第一天出機，二月那場圍爐宴，馬英九陪伴圍爐的鏡頭也早已入了鏡。因爲這支紀錄片，讓陳水扁霸道剛愎的施政風格，留下完整的歷史證據；而這支紀錄片，也在馬、扁對決戰役中，如影隨形地，跟在陳水扁的競選場合中。

馬英九和市政工作的淵源，在梅長錕的鏡下，產生連結；也爲馬英九日後參選台北市長的出師之名，標下鮮明的注解。然而，歷史總是磨人，梅長錕斯人，在一般人眼中，是那種外省籍極右派的統派愛國分子，對於反李、反扁運動，可謂不遺餘力。所以，當年他爲馬英九的「倒扁戰役」運序幕之鏡，但也在馬英九當選市長後一年，公元二千年三月十八日晚上，對著馬英九投了顆「飛」蛋。

那年，當陳水扁確定當選中華民國總統，激憤的群眾聚集在國民黨中央黨部前，要求李登輝下台。馬英九則以台北市長身分，到場安撫群眾。突然，一顆「飛蛋」正中馬英九的胸膛，馬英九面容驚愕，但無慍色，一時間並無反應，只由隨側的新聞處長金溥聰爲其擦去「蛋痕」。倒是台下一陣「追凶」，只見一名激動的民眾被壓倒在地，還被其他人追打，而這個「投蛋」抗議者，就是梅長錕。

再回到一九九七年三月三日晚間的林森北路，人車紛沓、紛擾嘈雜是「守夜」行動的寫照，市府人員入駐勸導、員警進駐維持秩序、城鄉所師生設站抗議、拆遷戶搬遷與埋怨、政治人物演講鼓動、好事民眾設陳水扁靈堂、寫白布條抗議。那夜，違建屋內還不時傳出火警；那一夜，一切變得很「反扁」。所以，二〇〇四年三二一開始在凱達格蘭大道上抗議的場面，其實早在七年前的林森北路，就已經「預演」過了。

晚間九點多，擾攘的現場，翩然到來一位被民眾認爲是「救星」的人物——馬英九。雖然，馬英九不能改變房子被拆的命運，不過，至少他「依約」來到現場和住戶們守夜。當天白天，陳水扁就公開點名「中央政務委員」（即馬英九）最好想清楚，不要和市府、市民對立。馬、扁兩人，一人以行動聲援住戶，一人放話、嗆聲，要對方「少管閒事」，其對立交鋒的火藥味兒，於焉可聞。

近子夜時分，前民進黨主席施明德也到場關切拆遷戶。在當時政治氛圍中，陳水扁可說是民進黨陣營眞正的「王」，他要做的事，幾乎無人能擋，因此，市議會民進黨團，除早就和陳水扁決裂的林瑞圖之外，大多不敢和陳水扁有所違拗，遑論黨內其他相關人士。畢竟，以選票考量的民進黨政治人物知道，阿扁是「票房保證」，順者，有票，逆者，前途不可料。故阿扁縱有再大的不是，基於政治現實思維，採務實態度，「趴著、趴著，卡麥中槍」比較實際。所以，在當晚有施明德這樣大老級的人物出現，確實讓外界和陳水扁備感驚愕。

那天，施明德的穿著仍保有平日紳士風格，看起來之前或有應酬，也略飲了些酒，他的到場受到注目係不在話下，他也上台公開批評市府施政不當等語。不過這些驚愕都遠不及稍早前，發生在中山北路二段陋巷某間違建戶閣樓的一幕。

當時，跟隨採訪的攝影記者，多在拍攝完施明德慰問住戶的照片後，便趕赴其他現場採訪。不料，平日感性又加上幾分酒精催化的施明德，在細聽民眾痛苦的陳述與抱怨後，心頭一揪，鼻一酸，兩腿不自主地要下跪，口中還喃喃說著，「陳水扁對不起你們，民進黨對不起你們。」

在空間狹小的閣樓中，施明德這樣的舉動，讓住戶不知所措，忙不迭地扶著施明德並安慰他，「主席，您別這樣，不干您的事兒。」隨後，施明德即拭淚離去，這才前往林森北路的「砲台」上演講，帶著稍前的激憤情緒，抨擊市府的蠻橫。該幕情景，筆者（是時筆者為《聯合晚報》記者，採訪此則新聞）係唯一在場目睹的新聞記者，而施明德與住戶「一跪一扶」間只在片刻，召回攝影記者已不可能，故此鏡頭成為漏網新聞片段。

夜，在嘈雜和火光中度過，市府拆除部隊即將進駐。三月四日清晨，台大城鄉所師生守夜也將結束。「大師哥」林正修，在麗晶酒店草坪上，發表「討扁伐森」（張景森）聲明後撤去，而住戶零星抗爭也在優勢警力下被制服。隔天上午近十時左右，最後一次對立抗爭，竟是媒體與警察。當時，市府拆遷指揮官副市長陳師孟下令清場淨空，即驅逐所有民代和媒體，在場民代僅剩次年有意角逐北區立委的林瑞圖、秦慧珠及選區議員林晉章；媒體則尚有《中國時報》資深工務記者曾智賢與筆者。

當警方要求驅離，曾智賢即回應說，「我們看著黃大洲從中華商場、七號公園到基隆河截彎取直拆房子，都沒有被禁止採訪過，爲何陳水扁拆房子不能給人看？」警方則一再對其表示，是「上級交代」。

溝通無效後，四名員警強抬曾智賢離開現場，另兩名員警則向筆者走來，欲強行拉人，筆者見勢無可爲，即說，「不必，我自己走。」屆時，現場清空，怪手、槌車一擁而上。就這樣，一九九七年三月四日中午時分，號稱北市最大的違建屋，自此吹枯拉朽，走入歷史。

十四、十五號公園預定地的違建走入歷史，然而，「鴨霸扁」的形象則於焉成立，陳水扁隨後所面對無論在黨內、外的「反扁」聲浪，也從這一刻正式拉開序幕。

第三章

勸進小琳　一馬當先

勸進困難　連戰促成

陳文茜一席話讓馬英九感到好奇，單小琳何許人也？她投入選戰能有如此大的功效嗎？縱使有很多猜疑，馬英九依然拿出莫大誠意和心神，力邀單小琳進入馬陣營輔選。

當馬英九和陳文茜會談結束後，馬英九立即到機動組在「四〇一高地」六樓的小會議室，和成員討論他與陳文茜商談內容的部分細節。當時，祁止戈問馬英九，「馬先生，您沒有邀陳文茜加入馬陣營，幫助您把陳水扁拉下來？」馬英九立刻說，「有啊！不過文茜說，她不方便出面，倒是提議找單小琳，你們認不認識？」在場的《聯合報》記者范植明，由於長期跑台北市教育新聞，和單小琳素有交情。至於筆者及祁止戈和單小琳都只有點頭之交，間接接觸也都在新聞場合裡；雖然與她沒有交情，但兩人對於這項建議都表示高度肯定。

當時，祁止戈分析，「以現在陣營內的發言人陣容，無論在機智上、市政專業上、競選節奏掌握上，都還不行。單小琳的機巧，曾經連伶牙俐齒的秦慧珠在質詢單小琳時，都討不到便宜，因此，現在加入單小琳當發言人，對總部有正面幫助。」筆者補充說，「尤其她在市府服務時間夠長，又在陳水扁陣營內當到副秘書長的位子，無論是市政議題的熟稔度，或是強化馬陣營的形式戰力，單小琳都屬於極佳戰將。」

馬英九聽完機動組從個人特質面、選戰策略面、強化陣容等角度的分析後，確認單小琳是適合人選。他便開口表示，「那好，我們就找單小琳加入我們的陣營，可是我跟她不熟，有什麼方法或是可以找誰勸動她呢？」這時，范植明領下此項「獵人頭」計畫的頭牌。

經過幾天的努力，范植明回總部覆命結果。范植明表示，時任教育部國教司兼體育司長的單小琳，馬上全職投入馬英九陣營有幾項困難。首要困難是，單小琳當時正參加行政院主辦的國策班（外界稱爲政務官培訓班）受訓，要到九月中旬結訓之後，才能夠投入陣營。

再則是，現實面的問題。單小琳當時未滿五十歲，依照公務人員退休規定，單小琳若以未滿五十之齡屆資（年資滿廿五年）退休，就不能領取月退俸，只能一次領足退休金退休。對於尚有一名因學習遲緩在國外接受特殊教育的孩子，亟須穩定高額收入的單小琳來說，這樣的要求，令她相當遲疑且爲難。

的確，要單小琳離開她奉獻近大半生的公務領域，投入選戰行列，可謂人生生涯規畫的一大轉變，加上現實經濟壓力逼迫，絕對很難簡單地靠舊識三言兩語，就能下定決心，辭掉工作，投入「臨時」編組的競選團隊之中。

馬英九也了解單小琳的苦處，但經過多方分析，及總部發言人組確實受到支持者極大質疑與抱怨，所以，馬英九與總部高層都認爲，勸進單小琳是重要的選戰進程。

於是，馬英九便在八月間，多次約訪單小琳。馬英九先單獨和單小琳談，又約單小琳和她先生兩人談了兩次。約談得到的結果，都是單小琳很有意願幫馬英九，但卡在現實的問題亟須解決。故單小琳希望，能夠以兼職方式投入，但馬英九卻堅持總部高層或發言人不要再有兼職的情況，一定要是全職人員，才能符合選戰節奏。

雙方一直僵持不下，直至八月底，馬英九邀單小琳到他興隆路家中，再一次勸進晤談。他並邀筆者及祁止戈當天晚間十點在家中會合，那天適巧馬英九太座周美青出國不在家。

一進到客廳，一組象牙白沙發即映入眼簾。單小琳坐進迎門的三人座長沙發，馬英九則坐上迎門右側單人主人座沙發，其他隨員則各自從餐廳搬了椅子坐下，筆者和祁止戈坐在背門、面對單小琳的位子上。各自落座之後，馬英九開口詢問，「小琳啊！怎麼樣，考慮得如何了？」單小琳則對馬英九的誠意表示榮幸之意，並再次述說她對馬英九的支持；但她也強調，家中的事情得要老公支持，而且一定要有妥善的安排才能作決定。

筆者和祁止戈在一旁爲馬英九幫腔，並從選情角度分析勸說單小琳，希望她能夠進入馬陣營，成爲踹倒陳水扁政權的關鍵一腳。單小琳當然很希望自己能夠扮演這樣的角色，從晤談中，看她眉飛色舞地數落扁政府就可窺其心一二。另一方面，筆者和祁止戈也適度地就單小琳在經濟上所面臨的現實問題，提醒馬英九，要勸進單小琳，得要適度地承諾選後的安排。

馬英九當然也了解，只是以他謹慎的個性，未當選前要他開口承諾任何人封官賜爵絕不可能。只是，他也體認到，單小琳對這場選局的重要性。於是，在這場會晤中，他當著單小琳的面表示，只要能夠選上台北市長，對於單小琳的「去路」安排「不會有問題」，至少「不會低於」她離開市府時副秘書長之職。

雖然不是非常明確的保證，但形式上總是一項承諾、一張支票。單小琳聽了，也不好再「ㄍㄧㄥ」，便口頭答應馬英九「原則上同意投入選戰，但時間上不可能馬上，得再和教育部和各級長官溝通後才能確定。」得到單小琳口頭應允後，馬英九當場鬆了一口氣。

馬英九在開口承諾選後安排說後，整個人幾乎從沙發上滑下來，兩膝差幾寸就要觸地。他鬆口氣說，「連我求婚都沒這樣困難。」這樣的動作，帶些無奈的幽默，讓在場的人和單小琳都明白感受到馬英九的誠意。

不過，單小琳勸進案最終底定，還不是馬英九這似跪未跪的誠意舉動搞定的，而是單小琳在和各級長官報告時，連戰最後一番給單小琳的「曉以大義」後，單小琳才眞正積極地部署及投入選戰。

後來，馬英九眞的選上了，但對單小琳來說，卻是「功成身退」而不是「論功對位」。馬英九一句「競選團隊不等於執政團隊」，讓單小琳結束馬團隊生涯，卻損失了她的月退俸、百分之十八優惠存款等，共計約上千萬元，且迄今沒能再有機會重回公職。

選後，眞正爲單小琳作「安排」的人，不是馬英九而是連戰。在連戰擔任國民黨主席期間，單小琳擔任過黨營文化事業正中書局總經理、國民黨海外工作會駐洛杉磯代表，現爲內湖康寧護校校長。

貪贓枉法論　投下巨彈

九二八教師節是民進黨慶，同時也是馬英九《少年小馬哥》新書發表會的日子。當天，即將在三天後上任、接任馬英九競選總部發言人的教育部國教司長單小琳，在接受「飛碟早餐」周玉蔻專訪時指出，陳水扁政府「貪贓枉法的程度，是國民黨政府卅年才做得出來的事，民進黨政府僅三年就全學會。」

單小琳這樣的談話，爲平凡無奇、你追我趕的馬扁對決選局，拋出一顆超級核彈，也讓選情正式進入兩軍交鋒熱戰的肉搏階段。

由於單小琳是前扁市府的高級官員，因此在選舉策略操作上，屬於高度敏感的布局。爲免扁陣營提早知道而有所因應，此項人事案是高度機密的案子。所以，從八月開始勸進，一直到九月確定單小琳進入團隊爲止，總部只有少數人知道這項人事案，且嚴禁提早曝光，曝光時機也由單小琳自行決定。

單小琳在十月一日將上任的前一週，自行將消息透露給《聯合晚報》主跑教育部記者陳香蘭。消息曝光後，立刻引領媒體追逐採訪的風潮。因單小琳除以曾是前扁政府官員的敏感身分加入馬團隊，而具新聞性外，她本身在教育部國教司任內的表現，也讓她成爲當時少數的女性風雲人物之一（最具代表性的，是她和前體育司長趙麗雲之間，因施政理念差異引起的兩個女人戰爭）。

此消息在《聯晚》曝光後，以追逐即時話題著稱的「飛碟早餐」主持人周玉蔻，於九月廿八日早晨，約訪甫由國策班結訓的單小琳上節目，談她轉換跑道爲馬英九輔選的心路歷程，及進入團隊之後的作爲。只是這些展望未來等等的採訪內容，並不是引起後續新聞風暴的話題，反而是因單小琳在主持人的引導下，評論她曾經服務過的扁團隊。

率性直爽的單小琳，完全不避諱地，以「貪贓枉法」四個字來形容她在扁團隊服務期間，身爲參與者又是觀察者時，對扁政府的感覺。初入政治圈的單小琳，不知道這樣的說法，由一個「馬英九競選總部準發言人」口中說出來，就已不是「個人感受」，而是「嚴厲的政治指控」，透過媒體聚焦、放大後，這四個字，突如其來，成爲莫名的政治風暴。

不論是有心還是無意，單小琳的貪贓枉法論，都將伴隨她加入馬團隊，而成爲十月的選戰主軸。媒體和對手陣營都在逼問單小琳，「誰貪贓枉法？」「貪贓枉法的實際內容是什麼？」「拿出證據來，否則告你、告馬英九競選總部。」

一會兒工夫，慌亂的馬總部內，對於起用單小琳是否正確出現異聲，甚至出現單小琳爲馬總部帶來危機的說法及憂慮。但當時單小琳已是團隊一員，對於外界的逼問，馬團隊還是要設法給大家一個交代。

總部立刻召開「危機處理」會議。首先，是了解單小琳說這話的根據，但單小琳有點無辜地說，「我是根據主持人的引導，說出自己的感覺及描述扁團隊給外界整體的感受，並沒有指涉特定的事件或個人。」與會的新聞組長廖鯉認爲，縱使如此，還是要處理，只是要將戰線拉長。

總部主委陳健治附和說，「沒那麼嚴重，單司長說的也沒錯，要講阿扁的代誌，到議會去找都會有。」陳健治對外也都用這樣的說法，爲單小琳緩頰。至於，總部的處理方法，筆者建議，還是召開記者會說明。筆者強調，「主軸定在我們手上，告訴媒體，我們的確有這些資料，會隨著選戰節奏，一本本丟出來。同時，也歡迎民眾及市民檢舉，所以在記者會上，公布一支『貪贓枉法』檢舉專線、一支『貪贓枉法』檢舉傳眞，慢慢蒐集主軸內容後，再一步步鋪陳出來。」

筆者這個建議，獲得一致認同。九月廿九日，總部即公布這兩支專線及傳眞電話號碼。結果，電話一公布，上半天只有零星的檢舉電話，但到了下半天直至半個月之內，全是陳水扁支持者利用占線方式阻擾、騷擾，用白紙傳進傳眞機，或寫些辱罵單小琳、馬英九的文字；檢舉專線更是祖宗八代三字經、十字經地開罵。總部內經常聽到從機動組內傳來，以國、台、客語的「國罵」和對方互罵的聲音。

是擦槍走火還是天意如此？一句「貪贓枉法」，勾動了馬、扁陣營和支持者的互動。扁陣營也隨著這個效應，爆出馬永成花酒事件、澳門嫖妓案、張景森被彈劾案，促使他們從十月開始改變，先前三個多月的持盈保泰、相應不理的迴避戰略。扁團隊正面接戰後，每天和馬總部口鋒交會，記者會、扣應節目、晚會、文宣廣告，都充滿了選戰交火的煙硝味。

也就是說，馬、扁對決之戰，是從單小琳進入馬團隊才正式開始。這一場世紀之戰的熱戰期，也從這一刻開始，出現明顯逆轉。

檢舉人日日留守

自檢舉專線及傳眞公布後，雖說初期大部分是扁陣營的支持者打來擾亂，但陸陸續續還是有許多反扁的、支持馬英九的人士，傳來各種不利阿扁的訊息。其中，更有熱心者，直接帶著資料到競選總部，定時窩在單小琳辦公室內，與單小琳溝通有關扁政府的「弊案」。

自從單小琳拋出「貪贓枉法」論之後，立即引起眾多扁支持者的不滿。有人還揚言，要對單小琳不利。經過討論後，總部認爲，爲維護單小琳人身安全，特別申請警官隨扈保護單小琳，使單小琳成爲除候選人馬英九之外，另一個需要警官隨扈的幹部。

檢舉電話和傳眞一公布時，當然也引來許多反扁之士，紛紛出面投訴。其中不乏被阿扁強勢施政影響的業者，當然也有道聽途說、描述得如臨現場般的八卦。如士林就有位釣蝦場業者，述說他是如何挺阿扁，又是如何透過阿扁親信，實質捐款挺阿扁。結果，他一當選，就到處拆房子，釣蝦場被拆光光，一點情面都不顧，「鴨霸呷嘐死」；還有人透過傳眞，述說阿扁家鄉的事，有的還牽涉到從未出面爲阿扁站台、卻破例在這次選戰中出現的扁媽。

各種各樣、千奇百怪的檢舉全部出籠。但對於總部的人力來說，這些檢舉傳眞或是電話，大部分都是查證困難的資料，往往只有引子而沒有翔實內容，根本無法直接轉作選戰之用。不過，依然有熱心之士，抱著資料直接到單小琳的辦公室，提供打扁素材。

一名建築師（以深喉嚨暱稱）就在十月中旬，抱著一堆扁政府執政期間，台北市各地的都市計畫、都市更新、都市開發案等相關資料，每天下午，必定到單小琳的辦公室報到，詳述每個個案，讓單小琳了解其中來龍去脈。當中包括，後來張景森遭彈劾的南隆案。

雖然「深喉嚨」提供的資料太過專業，在短兵相接的選戰中，沒有立竿見影的成效。但從案例中，確實可斷定扁政府在執政過程中有些「亂搞」的案例，也因此，加強總部許多輔選幹部對單小琳「不是亂講」的信心。

當然，其中也有「即可用」的案例。有天晚上十一點多，一位《聯合報》資深記者，拿著一份照片到新聞室找廖鯉，原來，是陳水扁位在敦化南路競選總部門前的照片。其中拍到其競選總部外，一整條路燈照著大馬路，唯獨一支緊鄰陳水扁總部招牌的路燈，卻反向照著陳水扁總部的招牌。這位資深記者說，「這是特權，這是貪贓枉法，你們可以拿去用，我無條件給你們。」

廖鯉便將這些照片交給機動組處理。筆者到現場會勘，果眞發現有支路燈，很特別地「反向」，又「正好」照著陳水扁總部的招牌。當時，正愁沒有貪贓枉法「案源」的馬總部，自然見獵心喜，立刻大張旗鼓地，租輛遊覽車，並通知媒體，由單小琳帶隊，衝到陳水扁總部去「抄」這支特權路燈。當然，此事在媒體面前，自是一陣各說各話，扁總部反指單小琳小題大作，公園路燈管理處則出面澄清，無特殊考量。

一番爭執之後，是非並沒有釐清。一支路燈反向是事實，在陳水扁落選後，也沒有自動調頭。一直反向照亮招牌是事實，所以陳水扁總部到底有沒有貪小便宜，用特權要一支路燈向後轉，還是路燈處自己拍馬屁，自動轉一支路燈給陳水扁用，眞相實已不可考，卻在當時，吹起激烈選戰中一陣漣漪。

到馬英九總部去找單小琳投訴阿扁，似乎在十月以後蔚爲風潮。十一月底，一家戶外媒體廣告公司，在選戰尾聲要向扁總部和福爾摩沙基金會收貨款二百餘萬元，可是卻遭藉故拖延兩天，業務員遂到馬總部投訴。單小琳便將這個情況在每日記者會中，當花絮議題給「曝」了，暗喻扁陣營選情不佳，有意賴帳。此消息一出，福爾摩沙基金會立刻通知廠商收錢，一毛不少地全數付清。

當然，總部正規的打扁作業也同時細膩地進行著，不過，在總部大廳裡，街談巷議式的批扁大會，從十月總部進駐開張後就沒停過。當中有計程車司機、地方社團、中小企業主，可謂三教九流各色人等，都競相到總部流通各式各樣批扁說，再帶回自己的社群中流通。

就這樣，因單小琳一句「貪贓枉法」，點起社會民間批扁的火苗，經過二個多月的延燒，馬英九終於拉下陳水扁，當選台北市長。

平衡總部生態 林蔡單平行

馬英九競選總部陣容，在發言人方面一直是弱項。繼林火旺、蔡正元之後，最終找來單小琳，林、蔡、單三人的發言尺度，對於馬英九及保守國民黨的支持者而言，都會感到不適。在總部內，也爲平衡三人之間共存而生的衝突性，索性將林、蔡、單三人全部升任爲副總幹事。

直率的林火旺，從六月份競選團隊一成立，就以辦公室主任兼發言人的身分，代表馬英九對外發言。任職於台大哲學系的他，對於不合邏輯的言論，總是直言不諱地予以駁斥。不過，他對台北政壇及市政議題較不熟悉，所以，上扣應節目時，經常出現語塞或在邏輯上與對手爭執的情況。這樣的表現，與馬英九溫文儒雅形象完全不符，招致馬迷及支持者的大加撻伐。

八月份，總部又找來與馬英九同爲哈佛畢業的蔡正元當發言人。不料，蔡正元出身背景雖與馬英九相若，但其發言是機巧有餘，厚道不足。牙尖嘴利的他，讓一些保守分子認爲，與馬英九敦厚的個性不配。這樣的看法，不只在外部支持者間流傳，就連總部內，都有部分幹部這樣評價蔡正元。

連續找來的兩個發言人都令人不甚滿意，到了十月份，終於找來被寄予厚望的單小琳。原預料單小琳長期在公務系統服務，又曾在北市府服務過大半輩子，其發言內容和方式，理當可符合四平八穩的要求。因此，馬英九在勸進單小琳進入團隊時，就是要單小琳以副總幹事職務，總管發言人室的工作。

不過，單小琳對於進入馬英九團隊，只貢獻形式上的「倒戈」意義並不滿足。她在進入團隊之前，就拋出「貪贓枉法」論，吹皺了一池春水，也震驚了總部內部分保守分子的心。

這時，部分擔心單小琳「太紅」，恐遭被排擠的幹部，便在馬英九耳邊「嚼舌根」，開始跟馬英九分析單小琳這項人事案的利弊得失。甚至，還有黃大洲市府時代馬迷級的官員，透過國民黨系統向馬英九進言，批評單小琳發言尺度不當，甚或以單小琳曾經待過扁政府，對她的忠誠度提出質疑。

由於單小琳的風格和馬英九，以及在他身邊的部分幹部不同，且在當時無法評估好壞情況下，總部高層對於單小琳未演先轟動的表現持保留態度，因此，讓原本規畫好的人事布局，產生變化。

首先，十月一日總部宣布，競選團隊從原設一名副總幹事，改爲三名副總幹事。分別爲林火旺、蔡正元、單小琳，三人職掌分工依序是行政、動員、文宣。單小琳仍主管與選戰策略較爲相關的文宣、活動、機動等組，但對外代表性方面，則與林、蔡三人各自平分。

這樣的人事布局，完全可以看出從內、外部的各種資訊交叉評估，顯然總部高層對於發言人這個位子，幾乎看作「麻煩製造者」。因此，從原來的一個增至二個，乃至最後形成「二王一后」的陣容。又爲避免權力只交一人之手，無法節制，就以提升位階方式，設置三位副總幹事。如此即可不得罪林、蔡，又不會讓單小琳一人過於專擅。

從該人事安排中，也可窺知，後來被外界定義成扭轉選戰局勢關鍵的「貪贓枉法」事件，在事發當時總部高層人士心中，卻非如是想法。很顯然的，他們並沒持正面看法，反而是以較負面的態度，看待單小琳的表現。至於，選後「單小琳是扭轉馬英九選情的大功臣」之說法，都只是局外人「事後諸葛」的看法。

營造倒戈氣氛　向市府核心進行策反

馬英九順利勸進單小琳加入團隊後，選戰策略上，便開始進行「策反」行動，對象不分官階高低，身分不分官員、記者，只要接近陳水扁的人，都是這波行動的目標。

陳文茜推薦單小琳的建議，其實包含「敵營挖角」的戰術思考。因此，自八月份開始，馬英九就在有意無意間，進行這項工作。第一個被喊話的人，是交通局長賀陳旦。當時，馬英九端出交通政策白皮書，扁政府採「冷處理」，對於馬英九所提的交通政策政見，只有零星反駁。順著這樣的勢，交通政策白皮書於八月廿四日對外公布後，馬英九就親自放話，「我如果當選台北市長，將留任交通局長賀陳旦，繼續爲改善台北市的交通努力。」

對扁政府而言，極爲倚重的交通部門首長，要眞是被馬英九陣營給挖走，豈不造成軍心士氣斲傷。所以，第一時間內，就由賀陳旦自己出來表明心跡；第二是，十月熱戰期，賀陳且擔任市府發言人，直接讓賀陳旦成爲與馬陣營對陣的前鋒戰將。

除賀陳旦外，國宅處長郭瑤琪，也與筆者及祁止戈熟稔，其間兩人數度約郭瑤琪閒聊，但郭當時已上火線，在扣應節目中和馬陣營對上，所以，她明確表明「不方便」。另一位「大腳」級的扁政府官員，就是時任台北銀行董事長、曾任扁政府秘書長的廖正井。他早期在國民黨時代，即屬吳伯雄系統的人，當單小琳正式進入馬團隊以後，便堂而皇之地和馬總部聯繫，並經常獻策有關扁政府施政的缺誤之處，更在後期爲馬英九修撰財經白皮書，參與馬英九當選後第一波人事布局的幕僚工作。

除了這些有名有姓的指標人物，市府內公務人員，更是策反行動不可缺的一環。機動組成員全部都是市政記者出身，來自《中時》、《聯合》、《自由》、《民眾》、《自立晚報》等報系，加上主跑路線涵蓋整個市政府，因此，初期協助撰擬交通、治安、區域白皮書之時，有些由這些記者直接草撰，有些則透過這些記者將部分草稿「發包」給府內專業人員撰寫，或將草稿交由府內專業官員潤飾修改。

更有甚者還透過府內人員的電腦系統，進入市府骨幹網路，滲入府內公務系統，直接監控府內每台電腦的工作概況。當時筆者就曾親眼巡看，環保局及交通局每一台公務電腦的工作概況。

選戰到最後階段，馬總部開始進行宣傳上的「統戰」工作。機動組在「四〇一高地」十樓會議室內，架設一台電腦，將市府各單位的傳眞機全部輸入，每天以各種後援會的名義，製作成簡單的文宣，透過線路廿四小時不斷地將策反喊話的文宣傳入市府。這項「傳眞工法」，整整進行二個月，直到馬英九當選爲止。

策反，是針對市府內部員工挖角；收編，則是在阿扁身邊布建，布建對象是主跑陳水扁的記者及北市的社會記者。記者布建有三種類型，第一種是主跑市長室的記者，這類記者，由於在陳水扁身邊，陳水扁也會有所防範，於是任務比較單純，就是每天取得陳水扁的私人行程，交付予總部即可。第二種是主跑市府局處及區域的記者，這類記者，則被要求固定蒐集府內動態及陳水扁動用行政資源輔選的脈絡，如陳水扁透過里幹事發放城市改造備忘錄，就是透過區里記者回報消息，再透過里幹事查證而得。第三種就是社會記者，尤其是警政記者，在陳水扁執政近四年期間，社會基層的反應及警察人心趨向，社會記者最爲了解，故探訪基層民隱及策反警察票源時，社會記者便成爲一條重要管道。

策反和收編，在選戰期間都是高度敏感且不足外人道的，在選情緊繃的馬、扁對決戰役之中，馬陣營透過各種管道默默地進行，指標性人物以單小琳爲主。至於其他層次的工作成效，投票結果即見眞章。

小琳與神桌　有趣組合

「神桌」在馬、扁對決選戰中，也曾扮演部分配角角色。至於，神桌準不準？根據單小琳問的結果，有的準，有的不準。但重要的是，「祂」預測馬英九當選，果眞應驗，且「祂」的態度，影響了電子媒體大亨邱復生的態度。

在馬英九新生南路競選總部隔壁，有一家水晶店。這家水晶店，如同一般，有所謂生命光譜攝影、水晶能量檢測等服務，但這家水晶店還有一項別人沒有的，就是用「神桌」來預測大事。

「神桌」前方擺放一幅觀世音菩薩的畫像。店東說，「神桌」是觀音菩薩顯靈說話，不是一般神壇起乩的問事方法。對於選戰團隊而言，「不問蒼生問鬼神」的選舉模式，只能列爲參考，不能拿來當眞。但當時水晶店與總部畢竟隔鄰而處，基於睦鄰，新聞組長廖鯉夜裡留守總部時，大都在水晶店閒聊，而筆者也經常在下班後，與老闆喝茶、聊天。

每日在水晶店裡聊天，說不想知道「神桌」的神通是騙人的。只是「神桌」，不是人人都可以啓動，只有店東太太及一位林師兄，可以請動菩薩降駕問事。十月中旬的一個夜裡，一夥人終於逮到機會，圍上「神桌」問，「馬英九會不會當選？會就轉右，不會就轉左。」只見一會兒工夫，就看著「神桌」向右轉，一夥人亦跟著桌面轉向移動。接著店東娘再問，「眞是會當選嗎？如果是，請再加速。」果然，桌面眞的加速，手扶在桌面上的一夥人，看到這個結果，當然個個開懷地跟著桌面轉動。

單小琳進入總部上班以後，知道辦公室樓上，有這麼一張「神桌」，感到十分好奇。十一月份，她終於決定上桌，問問馬英九的選情，結果得到的答案和先前大家問的結果相同。

不過，神桌也不是每次都這麼「神準」。當時單小琳正要籌辦十二月二日在南港一〇一的小馬哥爵士晚會，她希望這場晚會能吸引年輕人進場，故鎖定張惠妹當特別來賓。可是，單小琳透過各種關係，包括直接找張惠妹的經紀人、綜藝界一姊張小燕，都無法很明確地敲定，張惠妹是否能夠出席。於是，單小琳突發奇想，索性問「神桌」說，「我們能不能找到阿妹來站台演唱？」「神桌」給單小琳肯定的答案，但最後阿妹並沒有參與晚會演出。

「神桌」準不準，對選情沒有直接影響，但對當時被視爲媒體大亨的TVBS總裁邱復生的態度，卻有著關鍵性影響。邱復生在當時的政治選擇上，是「當權主流」路線，包括與李登輝交好、和陳水扁主政的台北市政府計畫合作，在信義計畫區開發小巨蛋等。

因此，對於在野挑戰的馬英九陣營而言，如果能夠讓一位掌握媒體頻道的老闆，傾向中立，甚至靠到這一邊來，那麼，在媒體戰上，可以和陳水扁打個平手。邱復生住在新生南路、馬英九競選總部後面一帶的住宅區內，與水晶店也是熟識。據水晶店老闆講，「邱董在你們還沒有確定搬來這裡之前，就跑來問神桌，問阿扁和馬英九的選情。結果神桌那次沒有動，邱董再問，是否要他中立？神桌指示，要他中立好。」老闆又說，「邱董應該不會明著挺阿扁，反而還可能挺你們。他常常應酬完到這兒聊天，搞不好再過兩天就來了。」

果眞，總部進駐後半個月左右，有天夜裡約十點半，寂靜的店裡繚繞著藏音大悲咒，廖鯉、筆者及店東等人正在閒聊，從店門口走來一位戴著眼鏡、面容微紅的人，那人就是邱復生。

當時的他，帶著微微的酒意進門，爾後，坐下與大家大擺龍門陣，從天文地理、水晶、玉石、哲學、媒體、選情，無所不談。從語意中，邱復生對馬總部的幹部們隱喻說，「我不會表態挺阿扁啦！」

像這樣的龍門陣，幾乎三天就會聚集一次，自夜裡十一點到清晨四、五點，幹部們與邱董就在香菸、泡麵、梵音陪伴下，促膝長談媒體經營理念及選情分析。

單、張交戰 你躲我等

張景森被監察院彈劾後（因南隆案），扁陣營改變迴避策略，開始正面接戰。張景森首先主動向馬陣營開火，挑戰單小琳。

從一九九七年十四、十五號公園拆遷開始，扁政府發展局長張景森，就被設定爲馬、扁對戰役中的「頭號戰犯」。原因是從各方面資訊與資料顯示，張景森由一個台大城鄉所教授，到擔任政務官之間，行爲及理念都有極大轉變。

機動組祁止戈就常舉例他在主跑發展局的一些個案。他說，「張景森當官以後，應酬多到連他自己都沒辦法想像，而這些應酬，除了和財團以外，還能跟誰？」

扁政府在台北市的重要施政，明顯是以開發台北曼哈頓（信義計畫區）爲主軸，確切的說，就是以信義計畫區爲介面，展開扁政府和財團之間的聯繫。因此，也傳出許多扁政府及張景森和財團應酬的傳言。馬陣營明白，要打扁，挖掘土地開發案弊端是重點，而張景森是罩門。

話說回來，單小琳的「貪贓枉法」論，絕不是空穴來風。而是因她在市府服務期間，多有耳聞，只是非核心人士，無法透析個中三昧，只能形容個概略，無法舉證直接指控。

在她放砲之後，不必她舉證，知道三昧者，自然提供資料。單小琳上任沒幾天，北市議員就在議場上，質詢張景森和財團一起出國，且接受財團招待，並帶著秘書一同前往；此外，還有議員指稱，他去喝花酒。這一波波的攻擊，都直接對著張景森而來，而就在張景森已有不得不出面的壓力時，馬永成花酒事件稍稍替他解了圍。

直到十月底，監察委員翟宗泉提案彈劾，張景森主導的南隆開發案有弊端，致使張景森終於不能再躲在扁政府的保護傘之下，得要親自面對公眾。他在傳出被彈劾的當天，主動告知媒體說要出面澄清，並選在李濤「二一〇〇全民開講」節目，指名單挑單小琳辯論。

馬總部得知，張景森這一記回馬槍，顯然想籍單小琳對都市計畫業務不熟，欲透過辯論場合製造單小琳辯輸的態勢，以形塑單小琳的貪贓枉法論是空穴來風，翟宗泉的彈劾是政治迫害。

張景森的目的，可說是司馬昭之心。因此，負責分派扣應戰將的單小琳接到這個通告時，也不知所措，便召集筆者和祁止戈開會，商討因應之策。因當天單小琳有兩個通告，一個是李濤的節目，另一個是東森李大華的節目，經商討後決定採迴避策略，故李濤的節目決定由秦慧珠上陣去擋，利用秦慧珠議員的氣勢，壓制張景森；而單小琳則上東森的節目。

議定之後，單小琳立刻打電話向秦慧珠說明原委，秦慧珠也一口答應參加李濤的節目，對付張景森。筆者陪同單小琳到東森上節目，當她正在上妝時，TVBS製作單位仍急call單小琳上節目。

由於這兩個節目相差半小時，本想單小琳在東森上完節目後，以途程趕不上爲由，不上「二〇〇〇全民開講」，以免讓張景森得逞。不料，主持人李濤卻做出扣應節目有史以來最特殊的處理方式，就是「虛位」以待，並在節目中，直接向單小琳喊話，「單司長，我們的位子還是空著的，隨時等你來上節目和張局長對話。」甫下節目的單小琳，對筆者說，「怎麼辦？看來不去是不行的。」便立刻打電話給製作單位，表示她馬上趕到。

筆者對單小琳說，「節目已經過了大半，且秦慧珠已先幫司長擋一陣了，你就按照事前我們給你準備的資料，跟他談就好。反正彈劾他的是翟宗泉，你沒有必要跟他談細節。」

於是，單小琳出現後，秦慧珠將來賓座讓給她。不過，秦慧珠並沒有離開現場，仍然坐在台下的攝影機旁，爲單小琳助陣。每當張景森說到詭辯處，秦慧珠還會指著張景森說「你胡說。」就這樣，張景森在這場主動出擊的辯論中，受到兩個女人「夾擊」，完全沒有討到預期中的好處。

第四章

打扁尊李 虛王迎宋

陳水扁迴避　下駟對上駟

陳水扁面對馬英九的挑戰，一開始採取不理睬、不正面接觸、不親自回應的「三不」政策，輔以馬永成「小馬VS.小馬哥」及羅文嘉「阿嘉VS.小馬哥」的下駟對上駟策略相應之。

一句「誰來參選都歡迎」之後，陳水扁再也不對馬英九的參選，或是選戰中任何文宣發表評論；不管是馬英九本人或其陣營內的任何人，全部都由羅、馬二人出面反制。甚至，陳水扁還派出是年正在參選議員的嫡系部隊出動打馬，如松山信義區的許富男，就曾針對「馬之內在」，出刊反擊文宣諷刺馬英九。

陳水扁本人，在各種場合中（除部分學校畢業典禮），也盡量不和馬英九碰面，以避免兩人錯身，引起媒體話題，讓馬英九藉此拉抬選情。就在這種「不幫馬英九拉抬」的選戰策略情結驅使下，致使執政的陳水扁，除在一些開幕剪綵活動中亮相，許多與基層接觸的場合反而缺席了。

七月初，馬陣營企圖製造「馬、扁碰面交鋒」場面，拉抬聲勢。機動組透過市政記者取得陳水扁行程，得知陳水扁即將於隔天清晨到環南市場拜訪，競選團隊立刻排定，讓馬英九在同一天清晨到同一地點拜票，來一場「馬、扁不期而遇」的新聞戲，市場方面由陳健治議長代爲安排。

當新聞通知發布後，陳水扁方面傳來更改行程的消息，扁可能提前造訪或乾脆取消這項行程。在這場攻防戰中，最後陳水扁決定取消行程，馬英九仍依約造訪，開始了他與市場攤商的第一次接觸。

十月十五日瑞伯颱風來襲，台北市多處傳出災情，馬英九原先排定的例行性拜訪行程也全部取消，改以巡視災情爲要。當天下午到深夜，馬英九巡視社子島、南港、天母等災區，直接接觸許多災民，甚至，當夜社子島大水，馬英九還差點被困在裡面。

隔天，馬英九再度造訪南港土石流災區，又到景美最容易淹水的老泉里勘災。此時的陳水扁，不但未在第一時間趕赴災區，還整整拖了一天，才在市府人員安排下親自到捷運工地等地方勘災。不但如此，陳水扁還堅持其勘災行程絕不跟馬英九碰上。

在這樣的策略運作之下，十月份馬團隊叫陣，向扁陣營下戰帖，要求候選人公開辯論，陳水扁的態度竟然是，「不一定要我本人上場辯論」。陳水扁的戰略思考是挾其八成左右的施政滿意度，本人不需「御駕親征」，只要由分身或指定代理人對付馬英九即可。

因此，陳水扁的分身羅文嘉、馬永成，成爲馬、扁對決中第一回合的代理人。當時，羅文嘉雖因拔河斷臂事件下台，離開市府，但選戰開打，他立刻以扁競選團隊發言人之身分，對馬英九進行攻擊。先以「土狗」與「貴賓狗」的階級意識，區隔陳水扁與馬英九的個人形象，又用「披薩」和「肉包」，強調馬英九的洋味和陳水扁的本土性。一波波的文宣攻勢，都衝著馬英九而來。

馬永成則是在市府內部代表陳水扁發言，他對於馬英九最在乎的李扁關係，作出許多闡釋及說明，也對馬英九所提出的市政議題，或自己批駁，或指定市府相關局處出面批駁。總之，扁陣營就是要形塑「下駟對上駟」的選戰局勢。

扁陣營也希望，趁著馬英九競選團隊係臨時組軍，一時無法發揮整體作戰能力時，牽制馬英九，打亂馬英九競選團隊的陣腳。馬英九面對陳水扁代理人對他直接而來的挑戰，皆以「我們要打一場高格調的選戰，對於口水，個人不予回應」化解。剛開始，馬英九還眞的只能用「高格調」來回應，以迴避落入對手預設的框架中。但這種情勢，到了十月，由單小琳爲首的總部發言人團隊成軍，終於產生逆轉。

羅文嘉打前鋒　適得其反

眾所周知，羅文嘉是陳水扁的頭號戰將，甚至，當時還盛傳羅文嘉是陳水扁台北市長位置的接班人。因此馬英九出馬競選，由羅文嘉打頭陣理所當然。

馬英九才一確定代表國民黨參選挑戰陳水扁，羅文嘉就開始隔空喊話，要把馬英九打成「外省貴族」，爲這場選舉基調做定調的意圖明顯。除言語外，羅文嘉還親自出馬，直剿馬英九市政巡禮場子，搞得馬英九怒不可遏。

這件事，發生在八月十八日上午，台北市議員陳永德在敦化南路舉辦會勘，查驗長期破損未予修復的人行道。當天他特別邀請馬英九參與會勘，孰料，馬英九到場後，竟碰到時任陳水扁競選辦公室主任的羅文嘉。他拿著照片和標語牌在現場叫陣說明，擺明是衝著馬英九而來，且欲與馬英九搶新聞畫面和爭版面平衡。

對於羅文嘉的行爲，雖然現場有民眾和陳永德爲馬英九緩頰，但仍讓馬英九感到非常難堪，且不可接受；雖然隨後由總部發言人蔡正元代表發言譴責羅文嘉，可是並沒能消除馬英九心中怒火。當天中午，馬英九會勘後，氣呼呼地走進「四〇一高地」六樓辦公室，看到筆者及祁止戈時，劈頭對著兩人問，「你們看怎樣處理羅文嘉？」（邊說邊做出割喉手勢）當時，兩人被問得一頭霧水，隨即詢問隨從人員，才知道羅文嘉去鬧馬英九的場子，觸發馬英九欲除之而後快的衝動。

了解實際情況後，祁止戈到馬英九休息室向其說明並告知馬英九，羅文嘉本就專搞小動作起家，根本不必太在意，現在也不必去動他，留著他日後必有「大用」。有朝一日，羅文嘉必定會犯下對我們選情有利的大錯，所以現在不必跟他計較。馬英九聽聞後，才逐漸釋懷此事。

果不其然，在後續的選戰過程中，羅文嘉的確一如預期地，做出兩件破壞選民觀感的事。其中一件就是，正當議會強烈火力圍攻馬永成花酒事件的同時，羅文嘉深知，這是馬陣營對其陣營作「斷手腳」的選戰策略，試圖對陳水扁所倚重的選舉幹部進行攻擊。故他也毫不猶豫地，對馬英九競選總部主任委員陳健治採取攻擊。

於是，羅文嘉拿出一卷他在擔任新聞處長期間，於議長室進行有線電視經營權招標過程協調會的錄音帶，意圖指控陳健治關說。然而，這件事的眞相並非選民所關切的，反而更加讓選民相信，就是因爲扁陣營用這種錄音、抹黑的惡質手法，才造成府會關係惡化，致使基層對陳水扁政府的印象，蒙上一層專搞「小人步」的負面想法。

再則是更嚴重的族群分裂招式，羅文嘉不但先將「四〇一高地」貼上「賣台集團的總部」標籤，指稱馬英九是賣台集團的棋子；後又藉著林瑞圖指控陳水扁到澳門嫖妓事件，以激憤面目公開地大撕《聯合報》，呼籲民眾不要再看《聯合報》。

這種族群動員的招式，用在以中產階級爲主的台北市，非但沒有獲得選民認同，羅文嘉當時這樣的「法西斯式」撕報動作，統統被國民黨部「全都錄」，製作成廣告，選舉期間，不斷地在電子媒體上播出。透過這個廣告提醒選民，陳水扁政府就是這種形象的政府，加強阿扁「鴨霸執政」的印象。

的確，羅文嘉最終沒有讓馬陣營失望。這位在選戰初期就已被打出局，卻還能繼續「錯誤操作」扁陣營文宣策略及選戰主軸的人士，果然沒有爲陳水扁帶來加分作用，反而對馬英九產生「大用」。

接觸民進黨人

選舉期間，長期支持陳水扁的社運人士，以各種不同形式投入馬英九陣營，或在外圍支援，馬英九都寬容地吸納並整合。這些社運人士，畢竟屬扁系外圍團體，因此，能夠得到這些具有民進黨籍，或與陳水扁長期友好之人士，給予建議或實質幫助，自然是馬英九樂於接受的。

陳水扁當選台北市長後，具有龐大行政資源與首都市長的優勢，使其在民進黨內之個人化派系成長快速，黨內地位扶搖直上。當時，有民進黨民代形容說，「阿扁啊！今麼槍呷抓不條啊！」的確，陳水扁用他長期培養的競選團隊，加上市府執政班子，其氣勢在民進黨內，可說已無人能出其右。

但對於一向標榜派系共治的民進黨而言，陳水扁個人過度膨脹，卻造成黨內權力平衡失調的情況。當時黨內還有許多創黨大老，還正爲個人政治生涯努力打拚的情況下，他們對於陳水扁這個趁勢而起的小夥子，這樣「超車」現象，皆存著惶惶不安的焦慮感。所以，當陳水扁面對連任挑戰時，黨內趁勢傳出「倒扁」聲音，盛傳「要阿扁好，就要讓阿扁輸一次！」的說法。相傳當時在中山北路七段有一家pub，在其進門的右手邊，經常坐著幾位民進黨人士，固定在此聚會清談，互相傳播這樣的觀念。

這樣的訊息，自然流傳到馬陣營這邊，因此，馬英九陣營也試圖去找尋「相傳」中的人士，好讓馬英九能夠直接與他們溝通，讓馬英九得以從另個角度更了解自己的對手。不過，令馬陣營苦惱的是，整個陣營中都是泛藍人士，誰能跟民進黨接上線？左思右想下，看來也只能透過媒體報導，尋找蛛絲馬跡或憑藉機緣，碰碰運氣。

雖然馬陣營沒有特定人選，不過施明德曾在十四、十五號公園拆遷時出現，並公開對陳水扁表達「反面」意見，而且，馬英九也曾在選舉初期，趁機與施明德打過照面，並向他請教選舉相關事宜，只是在那之後，基於政黨分野鮮明下，不再有接觸。另外，曾經和陳水扁一起辦過雜誌的李敖，當時對於陳水扁的施政作爲，也頗感不以爲然，總在媒體上公然批判、評論這位他口中的「小老弟」。基於此，馬英九特地與李敖相約，並專程前往其開設的書房請益，而李敖也不吝惜地教導馬英九幾步「打扁」招式。

民進黨於一九九八年才剛改選完主席，林義雄當選，因此，台北市長選戰期間，原任黨主席許信良已經交棒卸任。此外，早許信良一步離開黨部的前民進黨文宣部主任陳文茜，向來點子極多，又對民進黨發展知之甚深，自然也是馬英九請益的對象。那時陳文茜以純粹媒體人身分，出入社交場合，馬英九也多次在公開場合中遇到陳文茜，並表達有意與她交換選舉心得的想法，不過，陳文茜皆沒有馬上答應。

直到是年八、九月份，馬英九主動透過各種方式才約成，一天早上，筆者到達「四〇一高地」辦公室，如往常正要進入，卻遭吳主委制止。吳主委緊張兮兮地對筆者說，「噓！老闆跟陳文茜在裡面談話。」經過一個多小時的談話，近午時分，馬英九主動找機動組成員，談他與陳文茜會面之事。

詳細內容馬英九並無多說，只說，「我有問她，文茜你可以來幫我嗎？她並沒有同意，反倒推薦另外一個人——單小琳。」這位推薦人選，就是後來被外界認爲翻轉整場選局的關鍵人物。當時馬英九也接受陳文茜建議，透過內部各種關係，勸進單小琳加入競選團隊。

七月中旬，當時任教東吳大學的郭正亮在紐約發表演說時指出，馬英九如果當選台北市長，民進黨將延後十年執政。對於這樣的談話，馬英九相當在意，同時，他也對郭正亮雖是民進黨籍，卻能保持理性形象頗爲欣賞。於是，他主動跟筆者說，「鴻程，你看能不能想辦法，安排我跟郭正亮教授見個面。」

不過，後來因爲選務繁忙，且當時也根本沒有直接管道可以跟郭正亮有所接觸，令筆者苦思良久。當時機動組內，曾有位協助基層調查的研究生——楊穎超，主動向筆者表示，「郭教授是我的老師，我可以幫忙。」但由於謹愼起見，筆者並沒有馬上決定要透過這個管道去找郭正亮。

隨後，這件事因爲各項選務工作繁重而擱置下來，直到八月多，兩陣營各種交鋒頻繁，有天筆者突然想起此事，遂特意詢問馬英九，是否還有與郭正亮見面的必要。孰料，馬英九卻回答，「我已經跟他見過面了。」令筆者驚訝不已。

陳健治領議會悍將打扁

按照馬英九定位的「高格調選舉」，就是不能口出惡言，不能惡意攻訐。既然在馬英九光環下的總部人員不能「打扁」，就只好請北市議會的黨籍議員們，利用議會場合來「幫忙」吧！

當時，競選總部結構（黨中央高層、學界、議會及新聞界）裡，對於陳水扁的瞭解與互動，能夠直接批評與攻擊的，唯有陳健治所領銜的議會黨團與機動組，能夠擔此大任。陳健治也鑑於他和陳水扁將近三年半的交手經驗，義無反顧執行這項任務。陳健治總認爲，陳水扁不只是「鴨霸」，而且還「欺騙」了他，以他在政壇的資歷，被陳水扁這樣耍著玩，這口氣，眞是孰可忍，孰不可忍。

一九九七年，筆者曾經在李艷秋主持的「顚覆新聞」節目，形容陳水扁是「心眼小如針眼、口氣大如蛙、野心大吞象」。事隔一年，陳健治對於筆者當時的評論仍未忘懷。一九九八年選戰期間，陳健治在議會碰到筆者，還忘情抓著筆者說，「你那時在節目裡說得很有理。這個阿扁就是這款人，說得好、說得好。」由此可見，陳健治對陳水扁，已是氣到頭頂冒煙，也因此陳健治除擔任主任委員總攬選務，還身肩「打扁戰將」的重要任務。

陳健治第一個打扁工作，就是以見證者身分，證明阿扁是個「鴨霸市長」。他要北市黨部各區黨部，深入基層，口耳相傳，揭發陳水扁鴨霸行徑。陳健治認爲，在陳水扁執政三年多以來，對待攤販、拆遷戶、計程車司機等團體，尤其「惡霸」，若再讓他當選，他一定會更「鴨霸」、更「僥擺」。基層黨工就這樣，以口語傳播方式，把這些案例全散播出去。

除了口語部隊，陳健治更和以往支持阿扁甚多的「全民計程車」聯誼會交好，爲馬英九在議會擺宴款待聯誼會，席開四十餘桌。宴會中，大肆批判陳水扁對計程車司機不好，「大家呷阿扁拉下來，好不好？」此起彼落聲答應著，「好……」「咱換人作看嘜，好不好？」語畢，又是此起彼落的答應聲。

七月間，正好北市議會審查總預算，又將興起攻防戰。於是，陳健治在總部會報中對機動組表示，「你們比較知道阿扁的孔縫，預算嘛卡知，你們去綜整一下，看那些預算直接把他砍了，嘜乎拿公家的錢來選舉。」經過幾天的作業，機動組建議，將市府所有單位的行銷、宣傳、活動費用全部刪掉。另外，市長私房錢——第二預備金，從原有的十二億元砍到剩二億。

平時，陳健治是「打扁戰將」，到了造勢晚會的台子上，他搖身一變爲「打扁悍將」，幾乎每場造勢晚會的場子，陳健治不必負責推薦馬英九，他只要打扁就成。每次他總要提起溫妮颱風期間，大湖山莊（陳健治的選區）淹水，淹死了人，但陳水扁硬是滯留美國不歸的事，當作打扁素材。他總是說，「這款不顧老百姓死活的市長，是不是要換掉？」「這款僥擺鴨霸的市長，干好乎擱作下去？」

除自己「以身作則」，陳健治也要求市議會國民黨團成員，盡量蒐集資料，在議事廳內用質詢方式給陳水扁難堪；更重要的是，善用犀利的攻防，凸顯陳水扁和議會互動不好的負面印象。

這項任務，在所有黨籍議員中，秦慧珠可說扮演得最成功，也最強悍。她在陳健治下達「打扁令」之後，連番砲擊陳水扁手下愛將，如社會局長陳菊兼差當餐廳股東案、環保局長劉世芳介入招標案等，連嚴重影響陳水扁選情的馬永成花酒事件，也是出自她手。而這項打扁任務，到二○○四年總統大選結束爲止，她依然是箇中好手。

扣應部隊成軍

一九九八年，是有線媒體扣應節目初盛行之時。當時TVBS、東森、三立、民視等電視台，相繼製播這樣的節目。尤其TVBS的「二一〇〇全民開講」，更成為政治人物與團體攻防政策的重要平台，選民評斷政治人物的優劣，也幾乎是從這些節目當中，來取決各陣營的「勝負」。

馬英九競選團隊剛成軍之時，陳水扁執政氣勢正旺（施政滿意度八成四），媒體對馬英九陣營的發言需求並沒有很大，唯有碰到市長選情相關之議題，才偶爾邀請馬陣營的人上節目。此外，因有凍省、李宋決裂、國民黨接班等重大政治議題，使得「馬、扁對決」的新聞，在起初並沒有炒得很熱。

初期，自服務處主任林火旺上節目辯論馬英九的誠信開始，往後幾乎都是由他代表馬陣營上節目攻防；而金溥聰當時基於學校教職問題，尚不宜公開從事輔選活動，故不曾出派參加節目。不過，林火旺在電視上的表現，並沒有得到支持者及「馬迷」的欣賞，他每上一次節目，都遭到民眾用放大鏡來檢驗。節目播出，一堆電話就打進辦公室，有的罵林火旺發言如何不當；有的罵林火旺的說法不對；更有甚者，連林火旺的長相、表情都罵進去。

當時，競選團隊也覺察到，單靠林火旺一個人在外面打仗不是辦法。因扁團隊是從系統性的競選辦公室（羅文嘉負責）和市府團隊，甚至北市議會黨團派人上陣，馬陣營這樣隻手打仗，根本打不贏，尤其當時選戰氣勢，常以「扣應」節目的勝負來評斷，馬陣營在這方面，的確需要補強。因此，七月份服務處成立，林火旺擔任辦公室主任，發言人則由蔡正元擔綱，對外發言及上節目的工作，由兩人分攤處理。

即使如此，支持者開罵的情況，並沒有因爲蔡正元出現而稍減，反而變本加厲。原因是蔡正元發言方式較爲強勢，且用字遣詞也較爲尖酸。這樣的「調性」，對於喜愛馬英九溫文個性的支持者來說，自然是不被接受的。所以，蔡正元出馬，服務處的電話又紛紛響起，支持者抱怨說，「不要再叫那個蔡正元上節目了啦！破壞形象。」

競選服務處的主將，都被支持者給打爆，讓競選團隊傷透腦筋，爲此，總部特別研商對策。在發言人方面，團隊寄望仍在勸進中的單小琳能夠到任，稍緩外界對馬總部發言人原有刻板的不良印象；至於上扣應節目的部隊，機動組則主張，因應扁團隊的代表非常多元，隨時都有不同專業背景的人士備戰，故建議馬團隊應以議會議員爲主，加入黨部所推薦的名嘴，最後輔以部分選務人員，每天依照各節目議題需求，統一調度上節目的人員。

九月份開始，馬團隊便依照這個建議方案，組成扣應部隊。成員主要包括秦慧珠、李慶安、陳學聖、吳育昇、潘恆旭、金溥聰、林火旺、蔡正元等人，平時團隊以這幾位「編制」內成員，爲節目常客，必要時，因節目及議題之需，調度總部內其他成員參加。舉凡活動組長吳秀光，就爲辯論客家政策，以客語專長和扁陣營的人在民視節目中辯論；而筆者不但針對「翻轉軸線」的市政問題，在民視胡婉玲的「大家來開講」節目，與新黨費鴻泰、謝志偉教授（現爲駐德代表）及陳英燦（現爲台聯黨高市議員）進行辯論，還因馬永成喝花酒事件，奉派參加李艷秋的「顚覆新聞」節目。

馬團隊經過系統化規畫及運作下，代表競選總部的扣應節目部隊變得強大許多。熱戰期間，各個節目每天都有兩陣營對決的新聞議題被討論，使得馬陣營在媒體上與扁陣營的對決更加頻繁。至於單點的勝負，大家也就不那麼計較了。

中興計畫　高空制扁

「中興計畫」是當時國民黨中央執政政府，爲輔選馬英九所特別成立的專案。詳細內容就是運用國民黨在中央政府執政的優勢，在施政上，給予陳水扁政府掣肘；在經費上，給予拖延。另外，對馬英九所提出的政策及政見，則由行政院各個部會，以各種形式給予馬英九支持。

用「中興」定名這項專案，完全可以顯見，中央政府對於馬英九挑戰陳水扁這一役的期待。對國民黨而言，失去近四年的首都執政權，其滋味實在難以言喻，因此，自然會將馬英九視爲少康，期望一舉奪回首都的執政權，爲一年半以後的總統大選，打一場漂亮的前哨戰。

這項任務是擔任總部主委的陳健治，到中央黨部開會之後，所帶回來的訊息。當時，他特別召集機動組及新聞組開會，他在會中對大家說，「你們對市府的施政比較熟，能夠知道市府有求於中央或是中央可以制衡市府的方案，趕快草擬出來，讓我帶到中央去，交給他們執行。」

經過將近一週的作業，機動組了解到陳水扁政府在選戰中，一再地想打政績牌，而其中，捷運系統通車就是他所認爲最重要的政績。然而，雖說木柵線和淡水線都在他手上通車，但那都是先前黃大洲的「種樹」，而他來「乘涼」罷了，眞正能夠在他手上完成的，是中和線、新店線及南港線。

按照當時的工程進度，新店線及南港線是不可能在一九九八年底通車的，唯一有可能的是中和線。筆者明白，北市捷運局爲能夠達到政策通車目的，還特別修改通車順序的排程。按營運計畫，理應先通新店線再通中和線，但爲陳水扁選情，特別改變時程，先趕通中和線，讓陳水扁能夠在選前主持通車剪綵，爲選舉造勢加分。

然而，捷運系統通車有其程序，工程趕工趕完，還得經過初、履勘過程，通過後始能通車。當然這些市府能夠掌握的初勘程序，很快在十月份通過，送到交通部要求履勘。

因此，筆者提供「中興計畫」的方案，就是請交通部拖延履勘通過的時程，使其未能在選前通車。當時交通部接到市府的履勘申請，並沒有拖遲而立即進行履勘程序，只是履勘後，還有許多缺失項目必須要改善，交通部就在市府捷運局完成改善，再度報部要求覆查時，沒再予聞問。市府等待中和線履勘通過，舉辦通車典禮的期待，一直盼到十二月五日市長選舉結束後才如願。

其他與市府相關的計畫案，如巨蛋球場都市計畫案、信義計畫區開發等多項都市計畫案，總部都提報中央，希望主管機關本於權責，能夠拖遲就拖遲，以免讓陳水扁政府拿來當作選戰操作的素材。當然其中還包括一些可能涉及弊案的案件，一併提供予中央，使其透過政風或審計系統予以查察。

另外，陳水扁政府施政上所要求的預算案，中央都沒有反應，而在馬英九的造勢場合中，對馬英九所提的政策案提出保證配合的宣示，如捷運內湖線興建費用解凍案。

爲了能夠奪回台北市的執政權，國民黨政府可以說是「上下一心」，連中央的行政資源都被用到打扁、輔選的算計當中。也難怪，二〇〇二底馬英九競選連任時，民進黨中央政府也用基隆河截彎取直預算來杯葛馬英九的施政，幫李應元加持。

這樣的「以牙還牙」，也算是民進黨版的「中興計畫」吧！

馬永成喝花酒事件

馬永成喝花酒事件，在一九九八年市長選戰中，不僅是一件政務官（馬永成時任市府副秘書長）的私德案件，更是一件在馬、扁對決中極具轉折意義，且嚴重衝擊陳水扁選情的事件。

馬永成上酒店，其實早已不是「新聞」。早在一九九八年選戰開打前，就已被議員質詢過，只是當時是承平時代，是陳水扁聲望如日中天的時候，所以馬永成喝花酒，僅被定位為陳水扁手下個人行爲的小瑕疵。

北市長選舉進入熱戰階段，雙方陣營砲火猛烈，馬永成喝花酒事件，再度成爲焦點。當時，市府前副秘書長單小琳投入馬英九陣營，同時砲打扁政府「貪贓枉法」。議員順著這波攻勢，拿出更具體證據指證，讓這件原本已是「舊聞」的消息，因爲時空環境轉變，而充滿新聞與戲劇張力。

九月底，單小琳同意接任馬英九競選總部副總幹事兼發言人，接著，單小琳利用媒體訪問時，砲轟陳水扁政府貪贓枉法之行徑，並諷刺說，國民黨卅年才做得到的程度，陳水扁政府三年就學會了。

這個「貪贓枉法」論，轟動整個政壇。主因是單小琳曾是扁團隊的一員，她對扁團隊的指控外界總覺具公信力。但也自那時起，各界要單小琳拿出扁政府「貪贓枉法」事實的聲音不斷，讓馬陣營備感壓力。適巧，十月初，台北市議員秦慧珠拿出馬永成上酒店喝花酒的「新證據」，秦慧珠表示，馬永成出入的酒店有五家，連馬永成坐檯小姐的花名都跟著曝光。這時出現新事證，加上又是陳水扁左右手，馬永成的花邊，媒體感到新鮮，一陣窮追猛打下，這個事件立即成爲眾所矚目的重要新聞事件。

秦慧珠指證後，新聞媒體追逐新聞的步調，讓馬、扁兩陣營幾乎窮於應付，扣應節目更是不斷談論這個話題。所以，指證人秦慧珠與先前就曾質詢過類似喝花酒事件的新黨議員秦儷舫，每天都有接不完的通告。連續幾天的新聞空間，甚至整個政壇，全都瀰漫著「酒氣與粉味」。

處於這樣不利於選情的局面下，扁陣營斷然採取「危機處理」和「損害控制」。馬永成在與陳水扁夫婦深談後，向各界道歉下台，辭去市府及競選總部的所有職務，以避免對手陣營和媒體拿著這個事件窮追猛打，造成選情負面影響。

當時「顛覆新聞」節目，在錄製前一天打電話到馬英九競選總部，邀請總部派人上節目討論這個喝花酒事件。但對於這樣的議題，總部內發言人系統及新聞單位均面有難色的表示難以配合，後因該節目製作人商台玉與筆者熟悉，便情商筆者上節目，但筆者受限團隊策略考量，向其表示，必須經過副總幹事單小琳及文宣組長金溥聰的同意，始能出席。最後，主持人李艷秋直接與金溥聰和單小琳溝通後，出派筆者參加節目錄製工作。

這集節目中，來賓包括范立達、葛樹人、鄭弘儀及筆者，節目一開始，李艷秋就問了一個讓人尷尬的問題，「你們誰跟馬永成去過酒店？」當時，除了鄭弘儀，其餘都很技巧地，以「工作需要」間接表達曾和馬永成涉足類似場所。過程中，筆者基於具馬英九競選總部工作人員的身分，又未取得高度授權的情況下，發言尺度顯得保守。李艷秋在下節目後，酸酸地對筆者說，「鴻程，你今天最有立場，可是講話最保留。」

倒是鄭弘儀，他最關心的，反而是馬永成上酒店的錢是誰付的，是否涉及官商勾結？但在場的人都無法回答他的問題。他多次追問，活像想把扁陣營的政風形象，給「一次擊碎」。然而，世事難料，目前在媒體「如魚得水」的鄭弘儀，不但在二○○四年總統大選期間，取得陳水扁獨家專訪權，還同時在陳水扁連任後，與周玉蔻共同擔任九二八民進黨慶晚會主持人。

林瑞圖指控澳門事件

選戰進入白熱化階段，雙方陣營殺紅眼時，無論候選人個人、家人，都會成爲對手攻擊的首要目標。那時，馬英九競選總部也曾認眞謹愼地思考，是否要對陳水扁的私德部分，蒐集資料予以攻擊，還正舉棋不定之時，卻殺出一個林瑞圖。

單小琳的「貪贓枉法」說，讓兩陣營進入白刃戰階段，相互針對對方選將、候選人進行近身攻擊。十月底，陳水扁陣營連失馬永成、張景森兩名大將後，馬英九競選總部便將攻擊目標瞄準到陳水扁身上。

有次會報中，氣氛顯得很八卦，一位高階輔選幹部述說傳聞中，有關陳水扁私生活的事跡，其人、事、時、地、物，說得活靈活現，活像本人在場看見一般。這些傳聞對學法律的馬英九來說，顯得不具說服力。他認爲，凡事要有證據，不能無的放矢。然而，這個事兒舉證太難，畢竟當事人不配合就無法成功。況且，縱使有證據，又該由誰來發動這樣的攻擊？因此馬英九不願意由總部來做這些事，因爲這種揭人隱私的事，與他的行事風格及格調不符，故此議被否決。

正當馬英九競選總部爲陳水扁私德之事熱烈討論的同時，在嘉義，新黨立委候選人黃鴻鈞（前《聯合報》記者）的造勢演講台上，林瑞圖正爲黃鴻鈞助講，口沫橫飛的講述陳水扁如何到澳門嫖妓，馬永成是如何出國幫陳水扁安排這些事情。一旁聽著的黃鴻鈞，錯愕不已，心想，「原來阿圖剛說要送我個禮物是這個，可是，這對我的選情有什麼幫助？」無奈的是，林瑞圖已經開口，總不能中途請他下來，只好讓他「爆完」這些他準備好的「材料」。

的確，這個爆料並沒有對遠在嘉義的黃鴻鈞有什麼加分作用，其內容卻出現在隔天《聯合報》三版上，雖然版面不大，卻造成台北政壇大地震。「阿扁嫖妓」？這是多麼駭人聽聞的事，對於聲望如日中天的政治人物，這樣的醜聞多麼令人震驚。

看到這樣的新聞，扁陣營第一個反應，當然是否認，並要林瑞圖拿出證據；再來，就是把林瑞圖和對手串聯在一起，指控林瑞圖是馬陣營的「馬前足」，硬栽此事和馬陣營有關，以達到抹黑馬總部也在用「骯髒步」的選舉手段。

馬陣營對此更感錯愕，非但沒有見獵心喜的感覺，反而覺得有點兒不知所措。不過，態度總先要表達出來，且要嚴正地讓社會大眾知道，「此事與馬英九競選總部無關，扁陣營不要惡意抹黑。」

雖然，總部對此事採取觀望態度，不準備介入，但還是得有人去了解整個事情的原委才行。由於先前擔任媒體記者時所建立的關係，筆者主動找到林瑞圖，並在上層默許下，於十月二日晚間，與林瑞圖約在文化大學後山的青山茶園見面。

那天約會爲求隱密起見，總部會報結束之後，由筆者、祁止戈及新聞組長廖鯉三人共同赴約。三人到場時，除了看到林瑞圖，還發現在場有一名陳姓調查員，此時筆者心裡有數，資料大概就是這位調查員給阿圖的。

祁止戈一見到阿圖，首先表明態度，「圖哥，我們三個是純粹以朋友的身分，來關心你的事，和馬英九總部無關，總部也沒有授權我們出來，你千萬不要有什麼期待喔！」林瑞圖說，「我知道，不會害你們的啦！先看看這些東西，是不是記者要的證據再說。」隨即，他拿出一堆陳姓調查員提供給他的一些出入境資料。

經過審視後發現，無論是陳水扁或馬永成的資料，都和內政部查出來的一樣，完全沒顯示陳水扁或馬永成直接到澳門的跡象，有的只是去新加坡、日本、香港等地，縱使要說是轉機，也得找到轉機的資料，或是他們任何一人在澳門的旅館入住紀錄，否則怎能憑空認定。

一陣默然的林瑞圖，用很無奈的語氣說，「也沒辦法了啦！明天記者就要追上來了，只好拿這些東西去公布了。」筆者等三人未表意見，聊兩句後即下山。

下山途中，三人在車上的共同感受就是，「阿圖這次要踢到鐵板了」。果眞在十月三日，林瑞圖拿出那些出入境資料，並沒有說服媒體和任何人，更糟的是，他還指稱陳水扁藉著到澳門見何厚鏵（現爲回歸後的澳門行政長官）之便，去嫖妓，何厚鏵當天也發表聲明指出，他不認識陳水扁，也從未在澳門及澳門以外的地區和陳水扁有過接觸。

情勢對林瑞圖極度不利，林瑞圖又打電話約廖鯉，廖鯉要筆者陪同。此次見面的地方，在天母東路的一處民宅、林瑞圖朋友的住處。林瑞圖這次開門見山地表示，他雖然派人出去蒐證，可是很多線頭都受到阻礙，他得再透過其他關係，才能拿到更深入的證據，故情商廖鯉可否透過關係，在經費上給予資助。

茲事體大，廖鯉沒有辦法馬上答應，只表示盡量想辦法，回頭便離開該處。途中，廖鯉和筆者的共識是，並非錢的問題，而是「不得介入」，這條原則不能破，故自此未再和林瑞圖有接觸。

整個事件，一直演變到連民進黨主席林義雄都跳進來指控，報導嫖妓事件的《聯合報》，是林宅血案的幫凶，又演變到羅文嘉撕報風波，林瑞圖擦槍走火引來扁陣營自燃的表現。直到十月八日，林瑞圖實在無法再提出任何新證據，只好以「向吳淑珍說抱歉」的軟調收場，來注解這起因查證不實造成的風波。

　　至於，馬英九和林瑞圖的接觸，在此事件之後，檯面上絕對是絕緣體的關係，但以林瑞圖在士林、北投地區的基層實力，又不能與之完全不接觸。兩人見面的時機，就在瑞伯颱風來臨時，馬英九夜間出外勘災，到了天母土流災區現場，林瑞圖也在現場協助救災，技巧性地讓馬英九和林瑞圖見了面，也互相致意，但話題是「救災」，和嫖妓事件無關。

監察院也打扁？

理論上，監察院絕不會是國民黨輔選馬英九的「中興計畫」執行單位。尤其是素有「司法藍波」之稱的監察委員翟宗泉，不可能爲政黨所操縱，馬總部更不敢妄去操縱他。但當時，他以南隆案彈劾張景森、糾正市政府的時機，的確巧得很。

台北市文化基金會一直被認定是，台北市政府接受財團捐款的白手套。台北市議會議員的質詢，對陳水扁政府而言，根本無動於衷，因爲扁市府認爲文化基金會就是推動陳水扁城市行銷的外圍執行單位，他們認爲，募來的錢都是辦活動用的，沒有什麼不可告人之處。議會及新聞界在沒有調查權的情況下，對於文化基金會的角色及運作的內幕，僅於懷疑和揣測。

九月份，新黨議會黨團質詢完，便將全案送到監察院調查，之後再也沒有人繼續追蹤該事件。當時，在馬英九競選總部機動組的祁止戈，卻對這件案子一直耿耿於懷，他認爲基金會的捐款來源和都發局手中的一些土地開發案，一定有關。

祁止戈在《中國時報》跑新聞時，主跑都發局及議會，他認爲，都發局長張景森任內的許多都市開發案，都留下一些啓人疑竇的痕跡，尤其是南隆案。當時祁止戈曾以新聞方式，針對這個土地開發案的審查過程，提出質疑，但該案仍然通過。這讓他對於陳水扁政府及張景森的施政，只能搖頭、嘆息說，「眞的很敢。」

進入馬英九競選總部後，祁止戈對打扁議題的設定，就一直鎖定都發局的開發案，其中，南隆案、財神酒店更新案及福華飯店停車場更新案等，都是鎖定打扁的議題。不過，因都市計畫開發案涉及太多專業及法令層面事宜，在選舉熱戰期間，這樣的案件，除非用罪證確鑿的弊案形式出手，否則純就法理推論，很難成爲有殺傷力的選戰議題。正因爲如此，馬陣營雖有完整資料，但還是一直擱置到翟宗泉出手彈劾以後，才有用武之地。

繼單小琳的「貪贓枉法」說後，陸續發生馬永成喝花酒事件、林瑞圖指控阿扁到澳門嫖妓事件。不久之後，翟宗泉彈劾張景森，在審查南隆開發案期間，接受廠商招待到日本旅遊；又因該開發案，其中請建商的國揚建設捐二千萬給文化基金會，故另外再糾正市政府。

時間眞的很巧，人物更是剛好。翟宗泉向來有「司法藍波」的美稱，所以，他的出手在公信力方面，絕難有人可以質疑。縱使扁陣營要泛政治化地，抹黑翟宗泉具有政治動機，亦難讓世人接受。尤其，當十四比〇全數通過文化基金會募款案的糾正案時，連時任監委的民進黨首任主席江鵬堅也表示，翟宗泉是依法調查糾彈，政治動機之說，根本無法取信於人。

這宗糾彈案，倒是成爲馬英九競選總部政治操作的引信。馬陣營站在糾彈案確實圖利不法的事實基礎上，再接連把對都發局其他開發案的質疑，一股腦地丟出來，不必多予解釋，都能取信於人，也等於在扁團隊的「傷口上灑鹽」。因此，機動組趁勢將財神酒店更新案等，透過總部每日一聞的方式，由單小琳、蔡正元、林火旺幾位發言人，打鐵趁熱地一一推出，直到張景森被迫離開扁競選團隊爲止。

社運團體追著跑

一九九八年陳水扁的連任之路中，與他對立的，除對手馬英九陣營外，還包括執政過程中，因其決策、態度而得罪的選民與社會團體。這些「社會團體」，在陳水扁連任之路上，總如影隨形地跟著他，觸他霉頭。

陳水扁執政時，與基層民眾產生最大爭議的兩大案子，一件是十四、十五號公園拆遷案，另一個就是廢公娼。這兩件案子，之所以受到社會關注，並不在於道德上的訴求。誰都知道違建要拆除，誰都知道公娼要廢，只是這兩個族群都屬弱勢族群，而陳水扁又以「貧農之子」的弱勢形象，獲得選民認同、扶搖直上，到台北市長的位子，但他當道之時卻擺出惡霸態度，對待弱勢團體，不免讓人有過河拆橋、不夠將心比心的惡感。

就在這樣的社會認知下，十四、十五號公園拆遷戶、公娼團體，都成爲陳水扁執政下的

「受迫害」者，自然醞釀出他們發起社會運動的因子，也在陳水扁競選連任選舉過程中「發酵」。

十四、十五號公園拆遷戶，把一九九七年守夜、抗爭及拆遷過程，全程錄影，在市長選舉期間拷貝成錄影帶，提供給馬英九競選總部，作爲打扁素材。總部將這些錄影帶留一份在總部內播放，其他均送到各地區分部，要求各分部公開播放，供過路人群觀看，反覆提醒市民，陳水扁執政之後，是如何對待弱勢族群的。

至於公娼團體，由於日日春協會的王芳萍、周佳君等幹部，都是工運界出身的社運人士，公娼阿姨們就是在她們有組織的運作下，從一九九六年開始和陳水扁周旋著，其中還包括在陳水扁就職周年的記者會上撒冥紙抗議，在眾多媒體前給陳水扁難看。

一九九八年底，公娼團體終於得到絕佳機會反撲陳水扁，她們掌握每日陳水扁的公開行程，只要陳水扁到哪裡，她們就到哪裡，如影隨形地跟著陳水扁，讓市民感覺陳水扁的影子就是公娼。

十月廿四日第一場電視辯論會在台北市社教館舉行，公娼團體知道，這是全國矚目的焦點，各媒體肯定會在現場，所以，她們就在社教館前早早等著「堵」陳水扁，陳水扁一到，再對著他陳情、抗議；而每每陳水扁在公開場合看到她們，都未予回應，但臉色總是十分難看。

這種「如影隨形」的策略，的確引起社會大眾對公娼團體的同情。更重要的是，達成王芳萍她們所期望的，藉著選舉場域達到社會運動實質操作的目的。對陳水扁來說，雖然她們的做法，並不會在結構上造成選票移動，可是在一場選舉當中，這樣的招式卻能使一個候選人周邊環境的「觀瞻」，帶來極大的衝擊，而更深層的意義，是提醒許多理性游離選民或中間選民仔細思考，「陳水扁是不是眞的對不起這些弱勢團體？」。

拱住黃大洲

馬英九參選，就主、客觀環境來看，不管是候選人的條件、選民的支持度等，都相對有利於馬英九。他唯一最大的變數和罩門就是——國民黨主席李登輝。一直以來，李登輝都不願很「阿莎力」地表態，全力支持馬英九，只是觀望著馬英九的選情概況，調整他的態度。於是，馬英九陣營想得到的突破方法，便是找「老李分身」——黃大洲來助陣。

對馬英九來說，黃大洲有兩個重要功能。第一，黃大洲和李登輝有著深厚的師生情誼，縱使老李不出面，黃大洲出面也有很高的「代表性」。第二，黃大洲是前任台北市長，許多台北市的重大建設，都是在他任內開工；所以，只要黃大洲一出面，陳水扁就很難拿其政績來說嘴，這樣一來，可以有效平抑馬英九在市政參與上的差距及劣勢。

因此，七月份，機動組即獲授權和黃大洲過去的市府團隊接觸，並與黃大洲市長任內的秘書莊錦華取得聯繫，獲知「前朝重臣」們平時還有聯繫，且在近期有餐會。她還表示，屆時馬英九陣營的人可以派員參加，與這些官員們交換選戰心得。

餐會當天，由筆者和祁止戈代表赴約，餐會地點，擇在公賣局餐廳。兩人到場時，看到許多「老朋友」（筆者及祁止戈跑市政新聞多年，故與之相熟）也在場，這場餐會，由前市府副秘書長陳士伯、民政局長莊芳榮爲主要聯繫要角，透過餐會，祁止戈與筆者也了解到，他們的「老闆」——黃大洲，對於一九九四年那一仗，一直耿耿於懷，認爲是「奇恥大辱」，並對陳水扁後來的行徑有許多抱怨，故希望能藉馬英九這一仗「討回來」。

此外黃大洲時代的交通局長林信成，也在馬陣營交通行動白皮書推出前，就公車專用道政策提出針砭（因該政策最早由林信成所推動），並作成政策改善方案，供馬英九參考。又前工務局長李鴻基也在工務方面，尤其是中山橋拆除的政見上，提供許多意見和資料給馬英九。

至於黃大洲本人，馬英九則在參選初期，就曾利用「前市長拜訪之旅」名義，與黃大洲接觸，並多次在公益活動場合與之親近，到十一月份黃大洲更親自上前線助選，先前因十月份單小琳的「貪贓枉法」說，引起一陣打扁風之後，扁陣營可說是屢受重創，到了十一月，黃大洲也加入戰將的行列，他一方面以事實證明陳水扁的施政，只是在「收割」他的成果；另一方面，他又以「李登輝分身」的態勢，證明李登輝遲早會以本尊之姿出面，力挺馬英九。

十一月份的分區造勢系列晚會中，每場一定開闢「黃大洲時間」，讓他暢言過去政績，批判陳水扁的蠻橫與給予他的羞辱。不過，沒多久，卻發生一段小插曲，差點讓馬英九失去這個李登輝分身的支援。

話說當時，在大同區說明會上，因黃大洲未能控制好時間，晚會主辦單位爲流程得以順利進行，便用場控技巧讓他下台，結果，把黃大洲給「惹毛」了，氣得說「以後不來了。」

在這戰情緊急之時，臨陣氣走黃大洲，等於連老李一起得罪。於是，隔天副總幹事單小琳帶著筆者及祁止戈，登門到行政院，向時任政務委員的黃大洲道歉。雖然筆者等人本就與黃大洲是舊識，但當時黃大洲餘氣未消，不免還是數落一頓說，「總部處事沒禮貌。」還好，黃大洲最終接受「賠罪」，總部自此，也爲了能使黃大洲「暢所欲言」，而將他的時段，調整到最早的時段內。

黃大洲每次一上場，就是半小時以上的演講，他的表現除有對陳水扁「復仇」發洩成分，但更多的是希望馬英九能夠當選。他幾乎把馬英九這場選舉當作是他自己的選舉，所以，他卯足全力地付出。

有回，他在南港區政見說明會結束後，拉著筆者的手，語重心長地說，「鴻程啊！你們在馬先生這裡幫忙，一定要記住兩件事情。」原來，他是要提醒筆者，對於黨部提供的資訊，一定要「再過濾」和「查證」，不可過度樂觀輕信這些資料；再者是，某些公關公司的報價，一定要審慎查核，不能悉數全給。黃大洲補充說，「他們在四年前，騙得我好慘，騙了我好多錢。」

這是黃大洲對馬英九這場仗的態度，他不只希望馬英九要贏，更希望馬英九不要在這場選舉中成爲「冤大頭」。

國民黨資源注入

國民黨對馬英九選情的重要性，除主席李登輝的態度外，更重要的是「資源導入」，說穿了，就是——錢。國民黨資源導入，是直到八月份黨中央派任朱甌擔任總幹事才算開始，資金才算「到位」。

馬英九剛宣布參選時就說，「我的財產三千萬，但我不太可能拿這些來選舉。」當然，馬英九是國民黨提名的候選人，按國民黨慣例，自然是國民黨要負責費用。況且，按照總部「三二八公」爲馬英九規畫的選舉陣仗，就算馬英九傾盡財產，也根本不夠用，靠募款更是緩不濟急。

選舉初期，馬英九經常奔走國民黨中央黨部，從媒體上看，似乎他是追著要和李登輝見面，但實際上，大部分時間，他是要和黨部協調經費撥入事宜。

所謂部隊行軍，糧草先行。馬英九競選團隊成員，在七月份競選服務處成立之時，已從寥寥幾人成長到數十人。莫算薪資，光是每天至少兩餐便當錢，都已是一筆不小的開銷，若沒有固定財源收入，根本沒辦法支撐整個選戰進行。

七月份，競選服務處辦公室主任林火旺，便銜命規畫整個總部人員薪資，分別調查從各方來的人馬，其原本的薪資條件，並依全職和兼職敘以合理薪資。另方面，各工作組也要根據小組工作內容，開始進行預算編列，彙整呈報到服務處。原來，這些程序，都是要向國民黨中央申請經費的依據。

七月的一個上午，自馬英九以降，全服務處各工作組幹部都被召到位於醒吾大樓的汎太廣告辦公室，聽取簡報。原來，整場簡報是承包簡報，從文宣、活動、廣告，林林總總全部規畫進去。筆者聽後心想，「這些業務全外包，總部還要我們這些人作什麼？」當然，最後汎太開出上億元的承包價，並沒有被國民黨及總部「當場」接受。因爲總部原先的工作小組成員，就已具備汎太所能提供的「服務」功能。

藉此事件，筆者才瞭解到，原來總部每個個案的規畫及企畫，除了馬英九認同外，更重要的是國民黨中央必須也認可，才會撥經費，這也是國民黨最標準的選舉及輔選行政程序。回到辦公室，筆者立刻將曾經和馬英九簡報過的案子，無論文宣、活動、組織等，一一上公文給馬英九批示，然後呈報給辦公室主任林火旺。

八月，國民黨中央派出組工會副主任朱甌，擔任馬英九競選總部總幹事。這時，大家才了解，先前馬英九一直對總幹事一職虛位以待的眞正原因——要留給國民黨派任。這項派任案，不僅只是人事派任，更代表著國民黨「經費撥下來」，因爲，跟著朱甌而來的是，自國民黨派來的總務、出納人員。後來，總部得以大規模尋找、晉用人員，在在都顯示國民黨的資源，已逐步隨著選戰步調加緊而大筆注入。

自朱甌到任起，總部各工作組幹部經常要做的就是，向總幹事報告工作狀況，當然這中間，包括回報經費運用情形。因此，這位總幹事除帶著國民黨資源進總部，更重要功能，則是「管理」這些資源的運用，「看守」這些資源不會被濫用。

在國民黨主導的選舉場合，用錢的手筆也確實讓人咋舌。就便當購買數量計，從十、十一月份起，總部除提供固定成員的便當，還要備妥成立後援會時來幫忙義工的便當，初估平均每天至少要吃掉數百盒便當，辦活動時，則會吃掉高達「上千個」便當。所以，經常有人說，選舉都是被「吃掉的」，看來也不是完全沒道理。

黨慶大會

十一月廿四日國民黨慶，距離投票日只剩十天，李登輝總統到底會不會眞心力挺馬英九？實在沒人可以打包票。當天的黨慶晚會上，李登輝雖如對待其他候選人一般，拉起馬英九的左手高舉著，對台下民眾說，「大家支持馬英九，好不好？」但這幕場景，並不是馬英九個人所獨有，李登輝是不是心口如一？這些問題的答案，當時馬英九競選總部成員，都不能得到解答，每個人心裡還是「怕怕的」。

廿世紀末，台灣的大小選舉中，「李登輝牌」雖說不上是票房保證，但其對於選情的關鍵影響，絕對是不可忽略與不顧的。尤其是一九九四年台北市長選舉，「棄黃保陳」說甚囂塵上；陳水扁擔任台北市長期間，李、陳互動頻繁，關係曖昧程度，更是政壇人士極愛揣測的課題。

因此，馬、扁對決戰中，國民黨主席李登輝是否全心全意支持國民黨提名的馬英九，也成爲這場選戰中重要的議題。「李登輝牌」不可避免地，成爲牽動選情的主軸。

十一月下旬，選戰進入白熱化階段，其間，候選人在電視辯論會舌戰，進行正面而直接的交鋒；而所有選舉幕僚及各方後援勢力，也隨勢逐漸加溫，選舉氣氛，在台北市各個角落熱鬧滾滾地進行著。唯有一塊，讓馬英九競選總部成員心裡「涼涼」、「怪怪」的地方，就是李登輝。

馬英九競選總部在十月廿五日成立，李登輝親自到馬英九總部予以「加持」。但當天，正與老李爲凍省之事而不爽快的宋楚瑜也到場，這件事，是否讓老李心裡有點「個兒癢」，沒人曉得。只是，自那天起，再也沒聽說李登輝對馬英九選情有何指示、評論或表態。

有一個月之久，李登輝對馬英九的選情悶不作聲。但總部裡，可沒有一日放棄「李登輝牌」。位於高層的幾位幹部，無論是「健將」、「伯公」，都不只一次地表示，他們會密切注意「總統，他老人家的動態，必要時，我們也會主動去求見李總統。」另一方面，他們則叮囑著所有輔選幹部，在策略上，盡量不要有「觸怒天威」的行徑發生。

總部內，負責活動的輔選幹部，當然盡可能地，活動時設計李登輝能在「很自然」的情境下，於舞台上和馬英九「獨處」。可是這些邀請，得到的回音，不是直接拒絕，不然就是「還早，主席一定會去的，只是時間還沒到（剩半個多月而已，還說早）。」等委婉推辭之語。總部上下，對於李、馬公開的獨處活動，只有極力促成，但卻要耐心地等待。

至於對手陣營，亦深知「李登輝牌」的重要。看到李登輝對於馬英九支持態度含含糊糊，便使出見縫插針的本領，無論是陳水扁或競選幕僚，都有意無意地提醒選民，李、陳關係其實好過李、馬關係，藉此將李登輝的黨派色彩「中立化」，進而使李登輝效應產生的選票結構移動，和馬英九打個平手。

就在國民黨慶晚會的同一天，陳水扁接受媒體訪問時，用非常低調而尊敬的態度，公開稱許李登輝，推崇李登輝推動民主改革的成就，他自認也是以推動改革著稱的政治人物，而以「惺惺相惜」的心情，來看待他和李登輝之間的關係。

其言語間對於李登輝的態度，完全看不出有一絲將李登輝視爲敵對陣營政敵的意味，反倒是刻意形塑兩人的接近性、類同性，可見陳水扁對於李登輝效應的選票操作，並沒放棄任何一種可能的努力。

然而，正當陳水扁接受媒體訪問，大談他對李登輝的推崇；以李登輝爲國民黨打氣爲主軸的黨慶晚會，正熱鬧地在中正紀念堂進行著。李登輝舉著國民黨提名的每位議員、立委候選人的手，請台下民眾支持國民黨提名的候選人，當然，馬英九也是這其中被牽成的一個。

李登輝在這場晚會中，話還是沒有明說，只是行禮如儀地，牽著馬英九的手說，「李登輝牽成馬英九，拜託各位父老兄弟姊妹，大家作伙來支持、牽成馬英九，我手牽馬英九，這行動代表一切，大家支持馬英九，好不好？」

這一幕，只是國民黨一百零四歲生日晚會中的一個片段，主角是國民黨主席李登輝，嚴格說，馬英九只是這場晚會的次要主角，「牽成馬英九」只是整齣戲當中的一個橋段而已，對於急於想知道李登輝是否「全力」支持馬英九的總部人員及馬英九本人，這些橋段都不足以證明及讓人安心。

李登輝明白而完全的支持，是馬英九陣營奮戰近五個月，最後邁向勝利的臨門一腳，所以，無論用何種方法和安排，都要爭取到李登輝「我只支持馬英九」的答案。因此，黨慶大會後，馬英九不管行程多緊，即使活動地點在台北縣，馬英九還是得趕到新莊體育場，參加一場「KMT圓桌武士」晚會，只要能與李登輝多站在一起，只要能確定越接近選舉，李登輝依然還站在馬英九旁邊，各種機會馬英九都絕對不會放過。

排宋以尊李

「宋楚瑜」這個名字，在馬英九競選過程中，似乎成爲禁忌。除所有會報上避免提到他之外，就連私下的討論，也顯少有人提及。因爲，大家都「心知肚明」，凍省確定後，李、宋決裂，所以十分重視「李登輝牌」操作的馬英九競選總部，當然只能選擇將宋楚瑜這張牌「蓋掉」，以免「因小失大」。

李登輝在任十二年的修憲工程，最大一項就是把台灣「省」給「休」了。這使得原本和李登輝情同父子的宋楚瑜，一夕間，由台灣首位民選省長，變成「末任」省長。這對於正値盛年，政治前途扶搖直上的宋楚瑜來說，情何以堪？

宋楚瑜被「凍」，是因爲其掌握除北、高、金、馬外，台灣大部分行政資源與民心，給李登輝總統帶來不小壓力，遂成爲李「欲除之而後快」的首位目標。「凍省」，不止冰凍李、宋關係，也將宋楚瑜推向與國民黨「恩斷義絕」的境地。

當時，宋楚瑜爲了維持其經營多年的政治版圖；爲了幫省府員工保住飯碗，他多次在中興新村流淚，隔空放砲，抨擊中央，砲打李登輝。不過，因仍具有國民黨員的身分，宋楚瑜和國民黨、李登輝之間，呈現出「分而未離」的尷尬局面，因此國民黨內其他政治人物對於李、宋關係，自然採「緊閉尊口、免生事端」的態度因應之。

操持馬英九選盤的國民黨高階幹部，如陳健治、詹春柏等人，盤算馬英九選盤的邏輯是，只要以一九九四年趙少康選票數，加上黃大洲選票數（共約近七十萬票），就能打敗陳水扁。而馬英九的形象和背景，估計能夠置換八成以上的新黨選票。所以，再有效打李登輝牌，鞏固黃大洲所拿到的廿五萬餘張票，馬英九即可勝出當選。

在這樣的邏輯運作下，馬英九的這場選舉，宋楚瑜是根本沒有「功能」的。宋楚瑜對於馬英九而言，不但沒有功能，反而會因爲他和李登輝的惡劣關係，成爲打李登輝牌的障礙；況且，對國民黨本土派的幹部來說，宋楚瑜過度接近馬英九，容易使馬英九被套上「外省人集結」的負面族群印象。如此一來，更會惹惱李登輝，不願意出面爲馬英九鞏固本土票源，致馬英九選情平添風險。

因此，競選總部在安排有關人士站台和輔選動員時，都以「沒有宋省長的事」，做爲檯面上的理由，排除邀請宋楚瑜及代表省方勢力的「田單黨部」動員。

十月廿五日馬英九競選總部成立時，沒有邀請宋楚瑜。但當天宋楚瑜卻「不請自來」，成爲最醒目的不速之客。在那個雨絲飄零的日子裡，李、宋再度同台，但表情態度卻已木然，媒體當然樂得看熱鬧，可是，在競選幹部們心中，則是五味雜陳，不知所以。

經過這樣的「教訓」，總部往後對於相關人員和宋楚瑜方面的聯繫，更加嚴謹。確切的說，是「管制」得更加嚴格；換句話說，越接近選舉，宋、馬距離越遠。十一月廿七日，在田單黨部爲馬英九舉辦的造勢晚會上，也盡一切努力，避免馬英九和宋楚瑜在公開場合「太過親熱」，就是惟恐「宋省長牌」排擠「李登輝牌」。

「一一二九大遊行」的前一天晚上，約十一點多才剛到家的筆者，突然接到陳健治打來的電話。電話那端，傳來陳健治帶著斥責的聲音，對筆者說，「阿不拉，明天你們有叫宋仔來？」筆者聽得一頭霧水，回答說，「沒啊，遊行又不是阮辦的，阮沒代誌去找宋仔來作啥？」陳健治又說，「沒相好（台語），平常攏你們機動組和宋仔那邊有聯絡，聽說明天宋仔嘛要來，以爲是你們。」筆者才恍然明白是什麼事，便語帶冤枉說，「那有啦，健將，沒你上面的允許，阮那敢胡白來？」陳健治這才語氣緩和，堅定地說，「沒相好啦，我告訴你喔，老伙啊（指李登輝）快出來了，你們不要叫宋仔來，惹老伙啊不爽，到時他那不來，你們就要負責。」

掛上電話後，筆者心想，在台灣省擁有四百多萬票實力，執政四年獲民眾稱許，具超人氣的宋省長，怎麼在台北市、在以「尊李」爲選戰主軸的馬英九競選總部內，竟成爲可能攪壞選情的瘟神。這種差別，不知當時的宋楚瑜心裡作何感想？

新台灣人晚會　大勢底定

自馬英九宣布參選，大概有半年的時間，李登輝都是用曖昧不明的支持態度，牽引著馬英九競選總部每個人的心思。直到「一一二九愛台灣逗陣行」大遊行，十萬人走上街頭，李登輝聽到人民的聲音，才終於在十二月一日這場臨時加辦，且讓大局底定的「牽成——團結勝利之夜」晚會「現身」。

李登輝對馬英九參選的態度，歷經各種不同階段。李登輝是否接見馬英九？會不會爲馬英九站台？會不會全力挺馬英九？會如何表達對馬英九的支持？這一連串問號，成爲觀察選情的重要指標。

從一開始，李登輝是否接見馬英九？國民黨正式提名，李登輝召見馬英九；乃至十月廿五日，馬英九競選總部成立，李登輝親臨等。這幾個階段的演變，外界看起來輕鬆，但事實上，「李登輝」這三個字，一直揪著整個總部及馬英九的心。因爲誰都沒辦法控制李登輝的言行，更沒有人能夠代替李登輝說話，大家只能無奈地猜測、揣摩。

在每個階段，當記者問起這些問題時，吳伯雄、陳健治只得說些像「李主席當然支持馬英九」、「李總統會在適當時機出來站台」等，可應付外界、也可安慰自己的話。其實，當時誰也不知道，他們口中的李主席、李總統心裡，眞正在想些什麼。李登輝對馬英九的支持態度，更是莫測高深到無從判斷。

李登輝基於國民黨主席身分，加上馬英九和陳水扁之間的選情，呈對峙狀態，不若一九九四年黃大洲的選情，差距太遠。所以，他對於這場台北市長選舉，並沒有明確急進的選邊動作，反在旁冷靜地觀察及等待「最恰當」的時機，決定他該站在哪一邊。

十二區的問政說明晚會舉辦過後，從每場愈來愈熱的現場氣氛及人潮指數來看，國民黨及總部都有信心，可以舉辦一場萬人大遊行，就像新黨在一九九四年市長選舉一樣，利用馬英九既有的光環帶動人氣，一方面測試近半年的選舉成果，一方面作選前的「鼓舞動員」。

於是，這場大遊行就定在十一月廿九日星期日，動員對象不分黨派，但仍以國民黨組織系統爲主，其餘便由總部透過宣傳管道及後援會系統，動員非國民黨系統的群眾。國民黨自中央到地方，競選總部後援系統及文宣單位，用近十天的時間，密集規畫及動員。當然，總部希望這場遊行，能夠由李主席帶領大家走。

只是，李主席當天要和高球亞運國手去打高爾夫球，所以，遊行就由連戰帶隊（和六年後李登輝引領二二八牽手護台灣遊行的熱忱，可謂「昔非今比」）。

十一月廿九日下午，除國民黨各特種黨部、地方區黨部，動員出大量群眾外，更出現許多自動到場的青壯年群眾。從中正紀念堂沿著信義路走到國父紀念館，五公里左右的距離，因人潮眾多，遊行路線便顯得太短，第一批出發的人已走到終點，但在中正紀念堂出發點這邊，竟還有人沒能出發。

當時初估應有十萬人之譜，這樣的陣仗所形塑出來的氣勢，讓祁止戈（一九九四年趙少康選後，《新黨風雲》一書作者）有感而發地說，「好像當年老趙選時的樣子。」筆者回應，「看來是搞定了（意即應該會當選）。」

這場遊行，不僅僅鼓舞國民黨、馬英九競選總部及台北市選民，更重要的是，撼動「超級大選民」——李登輝。半年多來，各界民調及情治單位的社情調查資料，都顯示「搞定了」的情況下，李登輝終於決定「出手」。不過，也許李登輝出手的眞正原因，並不若這樣現實考量的說法，而眞如他在十二月一日接見香港觀選團時所說，「我跟著人民的聲音走」、「我跟所有人一樣關心選舉結果，這將是人民的聲音，我將專心謹愼傾聽解讀。」

那時距離選舉日不到一星期，李登輝「謹愼傾聽解讀」的決定，就是透過黨務系統，指示國民黨台北市黨部，臨時加辦一場名為「牽成——團結勝利」造勢晚會，地點在北市士林陽明高中，他要親自出來「牽成馬英九」。

十二月一日晚間七點，陽明高中偌大的操場上，搭著一個醒目的舞台，台下陸續有民眾進場，不過，大都是國民黨地方黨部動員的人，且人數也不若區政說明會般人潮洶湧。但這些都不重要，也不是重點，重點是，舞台上李登輝如何表演「牽成馬英九」的戲碼。

馬英九恭謹地迎接李登輝上台，親自爲他穿上競選背心。接著李、馬二人來段精采的「對口相聲」，李登輝問馬英九，「你是哪裡人？」馬英九隨即用閩南語高呼，「我是台灣人，吃台灣米、喝台灣水長大的新台灣人，正港艋舺長大的艋舺囝仔！」李登輝笑著，對馬英九回答的第一個問題表示滿意，並說和他主張的「新台灣人」一樣。

接著，李問馬，「你以後要走什麼路？」馬英九又以閩南語回答，「我將來要走李總統民主改革的大路，要走經營台灣第一、台北第一，和台北市民共同打拚的路！」

兩人一問一答唱和，李登輝順勢用左手，舉起馬英九的右手，對著台下及媒體與電視機前的台北市民說，「台北市民要把馬英九這樣好的青年、有能力的人，選出來當台北市長。」

在現場，聽完、看完李、馬兩人的表演後，都直覺感受到，果眞是一場臨時安排的秀。但不論劇本如何、演技如何，無可諱言的，馬英九在經過艱苦的選戰過程後，終於在這一刻，確定所有能夠整合抗扁的資源和勢力，全部「到位」。而李登輝也像拳擊賽場上的裁判般，舉起馬英九的手向市民宣告，「馬英九勝利！」

禮敬老王

在馬英九二百多次說不選後，新黨篤定馬英九不會出來參選，才提名王建煊出馬參選台北市長，成爲新黨當年三合一選舉的「母雞」。不料，馬英九竟在五月底，突然宣布參選，造成新黨布局大亂。後來，王建煊仍堅持參選的舉措，反成爲馬英九化解省籍問題的最佳楨桿。

一九九八年，爲新黨操盤的競選總經理趙少康認爲，在台北市長部分，唯一對新黨造成巨大影響的人，就是馬英九。他原打算，如果馬英九確定出來挑戰陳水扁，他將調整市長的提名策略；若馬英九不參選，新黨就派出強棒與陳水扁一搏。因此，欲提名王建煊之前，王建煊曾找過馬英九探詢其意願，馬英九給他的答案是「不選」，於是，新黨很放心地，提名王建煊參選台北市長，意圖再造一九九四年，由趙少康掀起的「新黨風雲」。

反觀國民黨，爲了市長人選搞得天翻地覆後，還是勸出馬英九參選。但此時，新黨卻已提名王建煊，因之將面臨馬英九對選票產生「磁吸效應」，致原本看似大好的選情，一下子急轉直下，無奈還是得咬著牙硬ㄍㄧㄥ選下去。

馬英九陣營對於新黨王建煊的堅持參選，則是從策略的角度看待。首要是，外省菁英形象的馬英九，一旦和陳水扁對決，定會面臨陳水扁挑起省籍和族群的攻擊，因此，在馬、扁之間，若有新黨這樣右派外省色彩濃厚的政黨候選人墊著，自然可以減弱殺傷力，並成爲馬陣營在省籍議題上操作的槓桿。所以，王建煊繼續參選，對馬英九有利。

二則，王建煊的形象佳，且是新黨強棒，不致一開始就會被外界貼上棄王保馬、「兩個外省人，打一個本省人」的權謀標籤。因此，新黨由王建煊出馬參選，更有利馬陣營在省籍槓桿操作的平衡性。

王建煊在馬英九這場選戰中的省籍槓桿效應既已明確，又該如何操作？曾撰寫《新黨風雲》一書的祁止戈，就曾直言，「對老王就是採取不理會、不交鋒、不出惡言的虛化策略。不要造成王、馬搶票的情勢，慢慢讓馬英九對選票的磁吸效應發酵就行了。」這個看法，當時得到馬英九及所有競選幹部的認同。

於是，馬英九在參選之後，對於王建煊針對他二百多次說不選，又跳出來參選的「誠信」提出質疑，也一律低調回應，不節外生枝地和王建煊鬥嘴。馬與王碰面，也只有在公益性的活動場合，碰面時，馬對王也絕對是待之以禮地閒話家常，不提選舉話題。

縱使新黨立法委員李慶華提出尊王讓馬說，馬英九陣營也絕不作正面回應。當新黨黨員寫信要王建煊退選，馬陣營也是三緘其口，低調因應。競選幕僚都認爲，王建煊不能太早出局，否則會直接和陳水扁在省籍議題上交戰，馬英九討不到任何便宜。

直到十月底、十一月中旬，三黨市長候選人舉辦電視辯論會，王、馬必須在公開選舉場合碰面，馬總部爲了該如何應對王建煊一事，曾在內部召開會議討論此事。當時筆者建議，「對於王建煊的批評，要四兩撥千斤，實問虛答晃過。與王建煊詰問時，也要以不具攻擊性和不挑起戰火的議題對應，對事不對人。」因此，在五場辯論會中，王、馬在台上都是平和以對，完全不像是競逐市長寶座的對手。

這一套虛王的戰法，一直打到十二月初，直到王建煊公開登廣告，要選民「可以不顧他這隻母雞，但要顧他的小雞」的分裂投票呼籲出爐，馬總部立刻由筆者撰寫一篇公開信，以黃色信紙，共一千多字內容，呼應王建煊聲明，籲請新黨傾向的選民，集中票源投給馬英九，以期一舉擊敗阿扁。

這份聲明，緊急印發數萬份，由驫軍團的學生朋友，以十二個行政區編組，根據黨部提供的眷村名冊，從七點半開始，在一個半小時的時間內，全部發放完畢。

果眞，王建煊得票數四萬多，將自己的票數壓低到讓馬英九以七萬多票的差距「大勝」

陳水扁。就「擊敗阿扁」這樣的任務來說，這一年，三位候選人可以說是王建煊選得最好、最漂亮。

馬英九與新黨

新黨在一九九八年那當口，還是國內第三大政黨，尤其在台北政壇，新黨是解構國民黨一黨獨大結構的政黨。因此，以國民黨為主的輔選體系，對新黨總是排斥性頻生。甚至，在馬英九陣營中，對於具新黨色彩的人、事、物，也一樣顯得特別敏感，以有色眼光看待之。

一九九四年，由於新黨的出現，促使國民黨交出台北市的執政權；台北市議會一黨獨大的結構，丕變為三黨不過半。時至一九九八年，即使馬英九出馬參選市長，以國民黨人為主的輔選系統及總部，對新黨確實存在某種特殊情結，這個情結，說穿了就是想要回流失到新黨的選票，但又不想和新黨太靠近。

因此，馬總部對於傾向新黨的政治勢力，大都透過黃復興黨部運作，凡碰到軍系的輔選力量，如新黨精神領袖許歷農表態支持馬英九，馬總部也只是低調表示歡迎，而不是毫不避諱地張臂相迎。

在造勢場合上，新黨支持者總是「旗海飄揚」，且位置又都選在最顯眼處，令有省籍槓桿操作考量、又不願得罪選民的馬陣營，只好在每場造勢晚會上一看到新黨旗幟，立刻派出工作人員，將其引導到會場較後方的區域。有時，甚至會要求其將旗幟收起來。

總部內，機動組工作內容及對選戰操作的看法，經常與許多從國民黨體系進駐的工作組有出入，也常在協調上有所齟齬。機動組是總部裡的最早進駐者，許多工作已正常運作，不可能陣前解編，以致在選舉後期，竟出現「機動組的人，新黨血統太重」的流言。可見國民黨體系的輔選幹部，對於新黨及新黨色彩的人、事、物，都存在著很深的芥蒂。

只是國民黨人並沒有發現，馬英九對新黨興衰的關鍵影響性。從現今的角度回溯歷史，新黨從一九九四年乘勢而起，不到四年的時間，曾經是新黨企圖勸進加入成員的馬英九，一出馬競逐市長寶座，選票動態立刻呈現大量流向馬英九的情況，可見在選民心目中，最能代表新黨呼群保義理念的指標性人物是馬英九，用世俗的說法是，「新黨是馬英九的」。

所以，國民黨人不必對新黨有任何敵意，就像新黨內部早有人已經領悟出，新黨遲早要回歸到正統國民黨體系中是一樣的。在二〇〇〇年，打著「毀黨投宋」旗號，以全委會召集人（等同於黨主席）之姿投效宋陣營的李慶華，對他來說，他要終結新黨，凝聚反扁勢力的思維，並非始於二〇〇〇年。李慶華在一九九八年馬英九選台北市長時，就曾主張不惜新黨泡沫化，都要「尊王保馬」，要求新黨棄王保馬。雖然當時李慶華的主張，沒有受到新黨及馬英九正面回應，不過，馬英九當選後，李慶華接掌新黨全委會召集人兵符，親手「體現」泡沫化新黨，以救黨外勢力的主張。

歷史再向後推移至今，新黨風雲自馬英九出馬後逐年式微。當然，這其中還有宋楚瑜的出現、李登輝離開國民黨等因素促成，但新黨大老們的國民黨情結，卻有許多國民黨人沒有看到的內涵。二〇〇一年立委選舉，新黨大敗，擔任首任主席的郁慕明，在那場選舉中，曾提出「三合一（國親新）組政黨」主張。

其後三年，他操持新黨大權之時，因勢利導，新黨候選人要靠行馬英九，新黨的政黨色彩要和國民黨調和，於是，喊出「國新攜手，總統換手」的政治口號。二〇〇四年，連宋總統選戰再敗，新黨再度提出三合一主張，甚至希望以國民黨爲軸心，重振泛藍勢力。

新黨還索性在二〇〇四年底的立委選舉中，將提名八席的立委候選人，以力搶泛藍不分區席次，不要新黨選票浪費掉的理由，讓七名新黨候選人掛國民黨籍參選。

二〇〇一年謝啓大操盤，立委只選上一席，選票數不到百分之五，新黨在法定上、形式上，已經泡沫化；二〇〇四年，當七位新黨立委候選人全部掛國民黨籍參選，新黨更是實質地泡沫化了。

從歷史演進看，國民黨人可能不曉得，原來新黨是「黃皮藍骨」的國民黨，而馬英九堅持留在國民黨，等於是爲出走的新黨，留了一條「回家的路」。

宋牽火牛入台北城

雖然省凍了，不用選省長，但宋楚瑜領導的省府團隊及田單黨部，還是沒在一九九八年底的三合一選舉中閒著。當時，田單黨部分區認養輔選立委候選人，其對象不限國民黨籍，有新黨也有無黨籍。省府團隊在臨去前，來一趟「全省走透透」，不過，這個走透透，全省都走透了，就是台北市馬英九的台子上不得，只好以「田單」爲名，「牽火牛入台北城挺馬」。

如果說，公元兩千年參選總統是宋楚瑜的「預謀」，那麼，走進台北市，對他而言，其意義和實質效益無限大。台北市對宋楚瑜來說，人脈和地緣都沒有搭軋，更別說具任何淵源，因此，他的小同鄉——馬英九參選台北市長，就成爲他進入台北市的最佳管道。只是，國民黨提名的馬英九陣營中，全是以李登輝馬首是瞻的黨工及政治人物，宋楚瑜想突破這樣的陣式，談何容易。

然而，馬英九陣營內，也並非都是獨信「李登輝牌」的人，機動組成員就認爲，馬英九必須吸納「各方」票源才有機會贏，包括在台北市占很大一部分的「反李票」。這部分選票，原本都以投給新黨爲主，但一九九八年新黨由形象極佳的王建煊出馬，馬英九溫和形象對於激進的反李選民，不具說服力，無法絕對性取代新黨票源。

這時的宋楚瑜，因凍省恩怨和李登輝決裂成爲反李新指標人物。加上凍省事件正在發燒，宋楚瑜及省府團隊被迫害的悲情形象，正符合以中產階級爲主要結構的台北市選民胃口。故引入宋楚瑜的力量，吸納反李及取代新黨票源，是機動組當時主張的另一條選戰軸線。

不過，操作總得先有管道。以宋楚瑜當時和國民黨水火不容的景況，任何一個純宋系色彩的政治人物，都和馬英九競選總部「絕緣」。反倒是曾經在台北市政府都發局服務，後來到省府任職，於黃義交桃色事件下台後，接任省府新聞處長的陳威仁（馬英九當選後任命爲都發局長，後任工務局長），此時成爲宋團隊和馬陣營之間，最頻繁也最深入的接觸管道。

馬團隊與陳威仁的接觸，要從八、九月份說起。那時，機動組銜馬英九之命，著手規畫城市改造宣言相關政見，撰寫之初，特別透過祁止戈的關係，找到陳威仁進行討論，希望能夠借重他在台北市期間從事都市規畫方面的經驗，並從他的角度檢視，這些規畫和陳水扁市府主張的差異。

巧合的是，陳威仁是馬英九競選總部副總幹事單小琳國策班的同期同學，因這兩層關係及因緣，十一月廿七日，宋楚瑜領軍的田單黨部要在台北市造勢，宋楚瑜力挺馬英九的晚會聯繫工作，自然落在陳威仁身上。

十一月中旬，單小琳辦公室來了一位男士，那人就是陳威仁，他銜命到馬英九競選總部協調田單晚會事宜。當時，筆者和祁止戈被召入辦公室，陳威仁即明白表示，「宋省長很關心馬先生選情，想專門爲他辦場造勢晚會，所以，要我來協調行程細節。」

陳威仁特別強調，「這是專程爲馬先生辦的晚會，花三百多萬（兩千年總統大選期間，鬧得沸沸揚揚的興票案黨政基金用途，後據陳威仁證實，這場晚會就是由黨政基金支出的），千萬別搞到馬先生沒來，場面就糗大了。」陳威仁的訴求，最主要就是一定要把這場晚會排入馬英九的行程中。經單小琳裁示後，筆者即轉告行程秘書排入行程。

直至十一月廿七日晚會開始前，陳威仁陸續到總部二、三次，討論晚會節目內容的細節項目，確認宋楚瑜及馬英九到場時間，執行事前沙盤推演工作。每一次，陳威仁總不忘叮嚀，「行程排進去了喔！」由此可知，在當時「倒李」的政治氣氛下，宋楚瑜是多麼怕，走透透走到最後一站——台北市，卻被主角馬英九給放鴿子。

田單晚會　馬宋牽手

經過數度溝通、協調，「田單挺馬」晚會終於要上場了。但奇怪的是，這項活動在馬英九競選總部內，卻是靜悄悄地，沒人提起。當時直接協調的機動組，後來也未獲總部的分工授權，以致一場公開的「宋馬會」，被刻意忽略地「處理掉」。

田單黨部透過陳威仁與單小琳及機動組數次協調，確定十一月廿七日當天活動雙方的分工及馬英九行程後，就再也沒有碰頭，約定活動當天雙方直接上場。但當時，整個馬英九競選總部卻完全沒有公開討論過，要如何配合這場晚會，接頭的單小琳及機動組，因手上還有分區政見說明會及松山區松山新城的晚會要辦，故與陳威仁就原則性問題協調完，也確定馬英九會在二十七日晚上八點到場，提報總部高層後，就沒對此案多予追蹤。

直到當天下午四點多，祁止戈在總部突然想到此事，便對筆者說，「阿不拉，我們到老宋的活動現場去看看，看起來總部都沒有在動的樣子，有點怪。」於是，兩人遂到位於松聯路信義區公所前廣場的晚會現場察看。

到了現場，看到舞台已搭設，各項布置也都就緒，但祁止戈卻發現，現場連一支馬英九的旗子都沒有。兩人又轉到服務台去看，只看到幾位田單黨部的工作人員，正在擺設資料及旗幟，但獨缺與馬英九有關的競選旗子、帽子、背心等「基本配備」。兩人納悶地問工作人員，「怎麼沒有馬先生的東西？」工作人員沒好氣地回衝說，「他們那邊都沒人送來啊！我們哪裡會有那些東西？」

將近六點，有人送六個便當到後台，指名是給馬英九競選總部工作人員的。當時，筆者心想，這現場只有祁止戈與筆者是馬陣營的人，我們又沒叫便當，哪來這些東西？稍晚，隸屬吳秀光活動組的同仁，眞的來到現場，這時才知便當是他們訂的。詢問後，得知他們是由總部高層指定，配合這場晚會的工作人員（就只有這六人，而且只負責馬英九到場時，幫他開路、進場而已），至於旗子、帽子、背心等物品，則完全沒準備，更無接獲任何額外的工作指令。

此時，兩人終於明白，總部顯然有意低調及淡化處理這場晚會，但兩人認爲，基於「田單」作客相挺的情理上，實在不該讓場面冷清，或是一點馬英九的色彩都沒有。畢竟，李、宋不和是一回事，馬英九要那些跟著宋楚瑜來的成千上萬、台下支持者的票，又是另一回事。因此，祁止戈和筆者，立刻分頭與區政晚會工作小組及總部留守人員聯繫，調集軍團旗隊及現場用的立旗、手搖旗、帽子、背心等造勢晚會所需的物品。

節目正式開始前，來自四面八方，或自行前往，或搭遊覽車到現場的「田單人」，陸續進入廣場，一會兒便將整個廣場站滿。此時，臨時調集的馬英九競選配備，也適時送到現場，分發給當場的人。一時間，田單晚會才稍稍有點「馬英九味兒」。

七點鐘，節目準時開始，時間也在五彩燈光與歌舞節目中，一分一秒地過去，到了七點半，卻不見任何一位足以代表馬陣營在場的人物出現。筆者納悶，「伯公怎麼沒來？」祁止戈立刻打電話給新聞組長廖鯉，請其聯繫吳伯雄。

結果，吳伯雄已經回到家，準備要休息了，對於這場晚會的相關配合事宜，吳伯雄表示，「沒有人告訴我。」在經過說明與溝通後，吳伯雄隨即匆匆從家中趕到現場。當時已經八點多，宋楚瑜剛好也在台上，此時「伯公」的出現，剛好演出「吳、宋釋前嫌，攜手力挺馬」戲碼，爲晚會帶起第一波高潮。不過，來的人並不是只來看這場臨時加演的秀，而是要來看主秀——馬英九登台，不過，此時馬英九，人在哪裡？

聯繫完吳伯雄，確定吳伯雄會馬上趕往現場後，隨即與馬英九聯繫。但接電話的馬英九隨從人員，卻摀著嘴低聲回話說，「議長（陳健治）跟主委（詹春柏）在車上，說要帶老闆去跑一個重要行程。」祁止戈心急問說，「伯公已經到了，他還要去哪裡？」隨從說，「不曉得，好像是到凱悅吧！」祁止戈又問，「凱悅就在會場旁邊，怎麼還不快來？現在到哪裡了？」這時，隨從相當爲難地回答，「快了，在南京東路上了。」

之後的廿分鐘，祁止戈陸續打了數通電話給馬英九，但都得不到他是否會到達會場的答案。直到八點十分左右，車上一名隨從才打電話告知，「到了，在凱悅這裡。」後來，車子果眞到了，但沒人下車，停在原地，筆者和祁止戈覺得怪異，便走到凱悅飯店前，開啓馬英九休旅車車門，看到詹春柏、陳健治坐在馬英九兩側，祁止戈說，「馬先生，該你……」話還沒說完，陳健治便曲身，隔著馬英九把門關上，並說，「啊！你們不知啦！」

門關上了，留下錯愕的筆者、祁止戈及一名先下車戒護的隨從人員。一會兒工夫，馬英九座車緩緩前進，開得很慢，在將近八點五十分時，座車才開至會場入口，馬英九依然沒有下車。此時，場內宋楚瑜演講的獨角戲都快唱完了，突然聽見有人大聲喊出，「馬英九、馬英九……」此時，馬英九聽到群眾吶喊，才自己開了車門，跳下車。等在車旁多時的筆者及車團，立刻上前護著馬英九，進入預先開道的人群中，邁向舞台。旗隊也依指示，全簇擁在馬英九後面「斷後」，將馬英九和陳健治、詹春柏隔開。

陳健治還是很俐落地，排除旗隊的人，要搶到馬英九身旁。只是，等他到馬英九身邊時，馬英九已經上了舞台，這時，原本想「卡」在馬、宋中間，別讓兩人太親近的陳學聖，也識趣地退開，於是，馬、宋兩人，自然地牽著手，相互擁抱。這時，陳健治才趕上台，站在吳伯雄身邊。

全都上台後，整場晚會眞正重頭戲才開始上演。宋楚瑜向群眾吹捧馬英九，馬英九也禮尚往來，讚揚宋省長做得好，並對照、批扁施政的乏善可陳。最後，大家手拉手、呼口號，高喊馬英九當選。宋楚瑜更親手送一組「馬到成功」擺飾給馬英九。

整個田單晚會過程，完全可窺得馬英九競選總部高層的心思。爲了能夠有效掌握李登輝牌的操作效果，而要馬英九和宋楚瑜保持一定距離，而其原則就是，兩人相處的距離越遠越好、相處的時間越短越好。因此，廿七日這一晚，陳健治、詹春柏陪著馬英九，盡在台北市裡兜圈子。

第五章

西進虎穴　東安固本

艋舺囝仔　萬華起跑

從宣布參選後，將近半個多月的時間，馬英九馬不停蹄地接受邀請，參加訪問、活動。不過，他身邊的人，似乎還浸淫在甫宣布參選時，樂觀的民調數字（五成以上支持度）之氛圍中，完全忽略選舉該起跑的事實。機動組成員深感不妥，於是安排「跑透透」行程，讓選戰行程進入系統性局面之中。

當時，馬英九和台北市選民的蜜月期，大概維持半個月左右。當成篇累牘報導馬英九參選所帶來多大鼓舞的同時，許多市民已回歸到理性、冷靜面，去思考馬、扁兩人的特質，究竟誰適合當台北市長，帶領市民跨入廿一世紀？半個月之後，這樣的疑慮，果然反應在民調數字之中，讓馬、扁兩人的支持度趨近到五五波，各三成三左右。另外，則有三成多市民選擇不表態。

這是個警訊。但主動來幫忙的成員，並未警覺事態嚴重。

那時，陳水扁陣營，是由整個市政府資源與善戰的民進黨在支撐選戰；而馬陣營卻像一群太平安樂、不知危機的烏合之眾，整天像無頭蒼蠅般地忙進忙出。還有部分成員，為卡住自己和馬英九之間的距離，而互相掣肘著。

六月十五日，機動組和馬英九深談後，確定進駐「四〇一高地」。隔天祁止戈找筆者商量說，「阿不拉，這樣不行！再搞下去，馬英九還選什麼。國民黨不進來，這裡頭的人又搞不出名堂，我看，要讓候選人導入正軌，就是控制他的行程。」筆者聽畢表示，「得找馬英九的行程秘書才行！」

隨後，祁止戈便打聽馬英九的行程秘書許淑萍，當時許淑萍是以不定期方式，從新聞局請假出來，為馬英九安排行程。該週日固定會報結束後，祁止戈將他的憂慮和計畫排基層跑透透活動的想法，告訴許淑萍，企望馬英九能夠漸漸從一個「公益人士」，轉型成一個「市長候選人」。許淑萍聞後，深感同意，便告知祁止戈，「只要你們準備好，我就排進行程中。」

許淑萍的話，安定機動組的心，自此，機動組規畫行程總要優先排入，在總部內成為不成文慣例。在祁止戈與許淑萍取得共識之後，機動組立刻召開小組開會，就台北市十二個行政區特性進行分析，評估不同時段的拜票效應，完整排出一套「台北跑透透」的行程。

針對此次選戰主軸，機動組始終認爲，欲平抑陳水扁在基層選民的平民形象，顛覆本土選民和馬英九之間的距離感，馬英九就應該利用這六個月的選戰期間，直入「虎穴」，進入陳水扁的傳統票倉、鐵票區增加曝光度。在這樣的共識下，機動組定出「西區（士林、北投、中山、大同、中正、萬華）勤跑基層，東區（內湖、南港、松山、信義、大安、文山）文宣造勢」的選戰基調。又因馬英九一向強調，他是「艋舺囝仔」，故跑透透首場，機動組決定從萬華起跑。

六月廿二日第一場跑透透活動，在萬華區青年公園一帶，也就是所謂南機場的國宅社區進行。由於這一帶本就外省籍人士居多，對於剛從文山區興隆公園跑出來的馬英九而言，尚不會太陌生，當然，受到當地早起居民熱情歡迎，也讓馬英九對於這樣「早起跑基層」活動，心生興趣而興致高昂。

在這樣的心境之下，馬英九向民眾承諾，在選舉的數月內，要跑遍台北市各大公園，拜訪基層民眾，一方面拜票，一方面聆聽民眾的心聲。因爲馬英九的承諾，讓隨侍在旁的機動組成員，放下積壓於心的大石頭，欣然總算讓候選人進入「跑選舉」的正軌中。

馬英九雖不排斥清晨早起的跑透透行程，但他有一項堅持，就是當時正和方南強老師學台語，因此要求每週二、五，行程都要在早上七點課後再排，才不致影響課程進度。這樣的要求，讓機動組與他發生爭辯，筆者向馬英九表示，台語不是一天兩天就可以學得「輪轉」

的，而偌大的台北市，要跑完所有角落，半年恐怕會有困難，所以希望馬英九能以行程為先，至於學台語的部分，不如從此總部會報改以台語召開，這樣他的台語一定進步得更快。

筆者此項建議並未獲馬英九首肯。馬英九對於他自己既定、認定的學習進程，有一定的堅持與自信。所以，他依然在選舉期間，繼續維持「方南強老師時間」，再大的事情都不能有所更移。

忘情跑夜市

一開始，機動組在選戰行程中，密集安排馬英九與基層民眾接觸的機會。舉凡清晨公園、早市跑透透，晚上則參與社區晚會活動及跑夜市。直到六月底，馬英九深入民進黨支持群眾較多的社區及夜市，也意外受到民眾熱烈歡迎，讓初次從深宮內閣走入基層擁抱群眾的馬英九，受到極大鼓舞。

六月廿六日晚上，萬華區大理街糖廍地區居民，召開一場由社區居民自主發起的「大理街老舊社區發展說明會」。會中將討論台糖公司同意釋出一塊土地予西園醫院興建老人安養院，但居民認爲，這塊土地應釋出用以開闢公園，以改善大理街區社區品質。

祁止戈知道這場說明會是居民自主發起的活動，因此，認爲這是馬英九走入台灣人傳統社區、參與活動的好機會。不過，他又擔心馬英九會排斥這樣的行程安排，於是，先行與筆者商量是否應該排進行程。當時筆者認爲，「反正走進台灣人社區是遲早的事，只要事先資料準備好，讓馬英九開口有信心，應該不會有問題。」

祁止戈遂著手爲馬英九準備該案基本資料，並將其排入行程。馬英九看到行程後，並未生排斥之意，但要求時間控制。因爲當天他的大女兒馬唯中要搭機赴美就學，他必須親自送機，故要求八點半以前讓他離開社區趕到機場。

活動當天，在大理街一六〇巷聚德宮前舉行的說明會上，民進黨籍民代如洪奇昌、段宜康都到場並上台發言。馬英九是少數到場的國民黨籍政治人物。當地居民非常禮貌地，讓馬英九發言，馬英九在會中強調，他是艋舺囝仔，並表示支持開闢公園之主張，頓時得到居民熱烈迴響，下台後，馬英九立刻被居民引領到聚德宮上香。自此，馬英九養成「逢廟必拜」、「逢靈堂就祭」的習慣。離開聚德宮的馬英九，隨即趕往機場，當時同車隨行的筆者利用車行時間，向其提供次日筆者爲馬英九所規畫的第一場夜市跑透透——饒河街夜市，其相關背景資料與說明。

饒河街夜市是松山地區重要的聚落點。它是清朝時代沿基隆河運貨至「錫口」碼頭下貨，再往北到南港的主要地區。在台灣，古老聚落中一定會有媽祖廟，饒河街當然也不例外，當年這個松山地區主要聚落的媽祖廟就是現今的慈祐宮，筆者將慈祐宮來由及饒河街夜市之形成，蒐羅成相關資料，整理成馬英九的講稿，以供行程前研讀及參考，此時他雖然心繫即將遠行的女兒，仍聚精會神地聆聽。

廿七日當天，原本安排晚上十點馬英九先到慈祐宮上香，但因行程延遲，晚約半個小時。十點卅五分，馬英九一到慈祐宮門口，鞭炮聲大作，廟方人員隨即向前迎接，引領上香後，帶領馬英九參觀這百年古寺。隨後，馬英九進入饒河街夜市，立刻引起一陣騷動，許多攤販主動要求馬英九簽名在招牌上；逛街的民眾也停駐、等待馬英九簽名。這個原本安排爲一個小時的拜票行程，因氣氛熱烈，光是來回走一趟，就已經凌晨一點多了。

雖然已過子時，早是入眠時刻，但首次在夜市拜票的馬英九，結束行程時情緒依然亢奮。他在車上得意洋洋地問筆者說，「鴻程，這是國民黨的地盤嗎？怎麼這麼熱？」筆者回曰，「馬先生，您看今天有哪個國民黨民代來陪您？」馬英九搖搖頭。筆者接著說，「松山是民進黨在台北發展的發源地之一，這裡尤其是陳水扁的地盤。不但如此，這裡也是綠色的天下。今天能有這樣的反應，可以看出陳水扁的施政風評，在基層已有動搖跡象。」馬英九聽聞後，興奮地對筆者說，「那以後多安排到這種地方。」筆者應允著，並決定安排下一站——五分埔。

一趟夜市行程，讓馬英九對於深入綠營票倉拜票的動作生出堅定信心。只是這樣的基層拜票，時間總不易控制，尤其晚上行程一拖就是凌晨，故以文宣戰爲主軸的金溥聰，在幾場夜市行程下來之後，曾與機動組討論並質疑說，「跑夜市有用嗎？這樣把馬先生搞太累了，第二天行程怎麼跑？」

機動組面對這樣的質疑，只以「溥聰，有沒有用，你去跟一次看看，就知道了」回應。

尋求里長支持　扎根基層

馬英九甫宣布參選之時，正值里長選舉期間，經過一個月激烈選戰後，七月間，全台北市終於選出新任里長。這些新出爐的里長，當然立即成為像馬英九這樣，甫自中央政府「下凡」來到地方參選的候選人，所必須優先拜訪的「土地公」。

「市政家教班」在為馬英九「補習」市政時，就曾與他分析里長這個部分。當時小組成員向馬英九分析，在陳水扁執政之後，給里長的福利甚多，如固定的薪資，配機車、傳眞機等，是標準以政策收攬人心的方式，這也是陳水扁要將長期被國民黨把持的基層勢力，一個個拔掉，爲己所用的作法。

但以北市的情況而言，在政治上及選票動員力上，里長已不能與當年同日而語。都市形態轉變，住居方式大樓化、社區化，住民關係不再透過村里幹部聯繫，所以這個部分，對於沒有行政資源的馬英九來說，倒不必太在意陳水扁對里長們所下的工夫。不過，雖說不必下工夫，基本禮貌卻還是要做的。

七月份里長選出以後，台北市議會議長陳健治就在議會安排多場餐會，召集北市里長餐敘，讓馬英九一一向他們拜票。不僅如此，馬英九還配合「台北跑透透」活動，分區安排到各里長辦公室或是家中，由馬英九親自拜訪，並拍照留念。

拜訪里長，說來容易，可是馬英九顯然記得，家教小組曾向他說過宋楚瑜拜訪基層前的功課是做得如何詳細。於是，他要求安排這些行程的機動組，除派人隨身記錄外，更必須事前將里長的照片、學經歷及生活嗜好等資料，作完整、詳細的蒐集，讓馬英九得以與里長見面時，拉近彼此之間的距離。

這個資料蒐集工作，可說在七月份拜訪里長行程中，占掉機動組大部分的工作時間。機動組不但要花很多時間蒐集資料，更重要的是，要在拜訪前將資料早幾天給馬英九帶回去消化，不能下一刻拜訪，這一刻才給東西。

馬英九賦予這些行程的意義，不僅是禮貌性的拜訪，他還要和里長們互動，從里長處了解一些基層的概況及地方上的事務，以期在拜訪中更深入了解台北市。的確，這行程讓馬英九在市政知識上進步神速，但卻也讓馬英九的行程控制產生變數，一個拖過一個，每天只有第一個行程是準時的，之後的行程，不是遲到，就是變更甚至取消。

但是辛苦是有代價的，馬英九很辛苦地走訪所有的里長，不分黨派，一個都不放過，除他本身得到更多的市政體認，更得到里長們的認同，北市里長從初期並不看好馬英九可以擊敗陳水扁的觀望態度，漸漸隨著選戰加溫，越來越多人表態支持馬英九。

翻轉軸線來由

在十四、十五號公園預定地違建拆除陳情事件，投入相當多心力的台大城鄉所師生，在馬、扁對決戰役中，該站哪一邊？檯面上，他們哪邊也沒站；檯面下，則是藉馬英九的平台，實現他們批判陳水扁施政背棄理想的目的。

七月份，馬英九競選服務處在復興南路一段二一七號二樓成立之後，辦公室主任林火旺帶領服務處初編的文宣、活動、財務、行政、秘書、策略等七個小組，從「四〇一高地」搬出，遷移到新辦公室運作；機動組則留駐在「四〇一高地」六樓會議室。其他成員由吳秀光帶領，繼續留在十樓辦公室內運作，凡競選陣營重要會議，也都固定在十樓會議室召開。

「四〇一高地」同時也進行著許多和選務相關，但卻不宜曝光的人員會晤與文宣製作事務。林正修等社運人士與馬英九的會晤，就是在這樣的情境下，由機動組安排，「祕密」地與馬英九見面。

這一段會面，其實雙方都很遲疑。馬英九方面，深知台大城鄉所長期挺扁，甚至可以說，扁的天下是他們幫忙打下來的。馬英九以一個國民黨籍候選人的身分，與具有這種色彩的人士見面，的確讓馬英九相當躊躇。林正修這一方，由於長期從事社運的關係，現在要和權貴色彩仍濃的國民黨陣營打交道，其立場也的確顯得有些尷尬。

還好，馬英九在祁止戈勸說及基於選情低迷之故，促使他想聽聽「另一種聲音」；而林正修所組成的城市改造聯盟，經營上也面臨經費籌措的困境。故雙方相約在七月初的一個午后，馬英九由機動組陪同，聽取「阿修」簡報。

這場晤談，進行整整一個下午。林正修從馬英九的個人特質分析，認為馬英九必須以「公義之士」的形象，打造一個符合「公義」的社會，藉此凸顯陳水扁鴨霸、蠻橫的施政風格。另外，也建議馬英九應該提供創新願景給台北市，在此願景下，發展出符合社會公義的重大建設。

這個願景就是「翻轉軸線」。意即都市建設要將陳水扁重東輕西的施政邏輯翻轉過來，以更新西區為重的都市建設構想。在這樣的意念下，林正修還提出幾項都市資源重分配的建設及建議，諸如，總統府廣場周邊空間解放、松山機場遷移、成立住宅局將國宅及民間空屋統合管理、建立住屋週轉制度等。這些概念，形成馬英九帶領台北市民跨進廿一世紀的宣言，合擬成爲「Agenda 21」。

馬英九非常認眞地，聽完這個略帶社會主義思想的都市改造觀念，馬英九並對其中許多不解的概念和林正修及機動組成員討論，要求機動組和林正修共同草擬該宣言。但他對於相關議題是否將落實在政見及選戰策略中，始終抱持不置可否的態度。

過了二星期，馬英九隻身來到機動組辦公室，苦著臉對筆者與祁止戈說，「這樣選下去太悶了，一定要有所突破才行，大家來想想辦法。」原來是馬英九發現陳水扁採取相應不理的選戰策略，壓低選戰衝突性，使馬英九感到選情拉抬困難，才想找方法突圍。於是，筆者和祁止戈兩人將林正修的觀點及政見，加入機動組分析預擬的政見中（如巨蛋放在松山菸廠），並再次對馬英九分析。筆者與祁止戈認爲，這些概念和政見，大都是陳水扁競選或執政以後所爲，只是他居於權位久了之後，忘記他在社會運動中的角色和身段，更揚棄他對社會的承諾。

陳水扁早期就是以「正義」的名義定位自己，可是在他執政以後，妥協於許多與權位有關的勢力。因此，若馬英九將這些具有顚覆權貴意識的價值理念及政見，以公義之士姿態，再次提出可以讓大眾耳目一新的政見，勢必會對陳水扁造成衝擊，對廣大選民更有振聾發聵的效果。

馬英九用了一個下午的時間和機動組進行討論，最後才點頭答應這樣的競選策略，當時，找到一解陰霾方法的他，還滿面笑容地，用兩手比出手槍的手勢，對著周圍掃射，口中興奮地說，「要打仗囉！」

自此，競選團隊開始了與林正修之間的合作。林正修派他的師弟彭揚凱（後曾擔任林正修任民政局長期間的機要秘書）到競選辦公室，配合機動組撰擬宣言和分區區政白皮書。

機動組後來也依總部內部規定，簽下一筆五十萬元的經費，分兩次「付給」林正修。有趣的是，林正修的組織內，有些成員政治傾向還是很挺扁，故不能「直接匯入」組織戶頭。所以，這兩次付款，都是由筆者直接向總部領取支票後，再與林正修相約在永康公園交款。

文宣定調 各行其是

一個臨時成軍的競選團隊，在面臨陳水扁這樣身經百戰，又坐擁行政資源的強敵，的確惶惶不可終日。光是對於選戰主軸的確定，都會心猿意馬地拿不定主意，搞不出像對手陣營那樣一、二句簡潔有力的標語，一語道破選舉主軸和選戰主張。

儘管如此，經過四個月的磨合，馬陣營終於磨出一個既可兼顧選情需要，又能提出願景，更可凸顯馬英九個人特質的競選主軸——「台灣第一、台北第一」、「讓台北站出去、讓世界走進來，打造世界級首都」、「一路走來、始終如一」。

主軸出來了，但這場選舉又該定調爲什麼樣的選舉？依照馬英九的說法，「是一場高格調的選舉」。不過，這基本上是一句空話。馬英九個人可以將其定位成，他對於對手的口水攻擊不予回應，但對於選舉幕僚而言，他所稱之的「高格調」，根本無法成爲競選主軸，更遑論能爲這場選舉定調。

競選團隊初組之際，涉及文宣策略工作的成員，包括文宣組與機動組，六、七月份金溥聰、林火旺和機動組定期就競選策略交換意見。當時就選票結構分析，成員都同意，這場選舉是一場「反扁」VS.「挺扁」戰爭，故馬英九與陳水扁之間，各方面的對照，都將成爲整場選舉的主要戲碼。

雖然就此達成共識，但在實際操作面上，金溥聰和機動組之間有著迥異的看法與作法。金溥聰主張，打一場「個人特質比較」的選戰。顧名思義，就是馬陣營這邊，不斷強調馬英九個人「優」的一面，以凸顯和比較出，陳水扁的劣質。好比說，強調馬英九人品敦厚、英俊、體面、高學歷、英文好、中央當官時代政績（尤以法務部期間）等。

因此，第一張由汎太廣告總裁孫大偉操刀設計的文宣，就是詳細介紹馬英九個人形象特質的「馬之內在」。文宣中，將馬英九比喻成一匹馬，從頭到腳、從內在到外在，品頭論足一番，以菊全開牛皮紙色印製數萬份，發至台北市各地，供人品評「馬之內在」。總部logo也以馬英九個人爲主軸，以白描手法製作出一名「跑步者」形象。

然而，這兩個文宣，卻都在推出後不久，出了狀況。「馬之內在」經過國民黨秘書長章孝嚴與伯、春、健三公及馬英九本人，率團隊所有成員，於亥夜時分，聽取孫大偉簡報後定案。但卻在推出後不到一星期就被發現，文宣中「那匹馬」，抄襲其他文宣物，因此，爲避免涉及著作權問題，總部立刻交由律師團處理，並停止發放該份文宣，以避免對選情造成負面影響。至於「跑步者」圖騰，也是才宣布使用沒幾天，就被對手譏稱，馬英九是「同手同腳」的跑步者。團隊成員仔細審閱，才發現果眞有同手同腳的狀況，不過，團隊認爲這個瑕疵對選局並無大礙，所以僅簡單對外做出說明後，視爲選戰插曲，讓它過去。

金溥聰的文宣策略，並沒有「打動」機動組成員。因爲機動組認爲，馬英九個人形象光環已經夠強，不需要太過強調；再則，過度強調馬英九學歷、中央官僚資歷，容易強化馬英九的貴族氣息，拉大其與普羅大眾的距離，而被對手拿來操作族群議題。機動組更認爲，馬英九到台北市來選，最缺的不是台北市民認不認識「他這個人」，而是他和台北市民的「接近性」及他究竟能爲台北市「做什麼」？

因此，機動組主張，馬英九的文宣策略應該以提出市政願景爲主軸，再輔以與基層接觸及端出「牛肉」的行程，藉以塑造出馬英九降低身段接近選民，又不斷提出政見的印象，扎實地形塑馬英九是個有「執政誠意和能力」的候選人，而不是像選美一樣，只現肌肉和美貌。故機動組除了協助林火旺的白皮書撰寫工作，也和陳水扁政府競賽，編撰十二區的區政願景和政見，製作選戰最後衝刺階段的重要「文宣彈」。

這種和陳水扁比施政願景的策略，以國民黨黨工爲首的總部高層就有不同意見。擔任競選總部總幹事的朱甌（現爲親民黨台北市服務處處長），在召集總部各組幹部討論「選舉主軸」會議時，就提出「陳水扁在台北市做得也蠻好的，這場選舉，要跟他比政績跟政見的話，是打不贏的。」

朱甌當時是國民黨組工會副主任，奉派到馬英九競選總部擔任總幹事。他曾經擔任過台北縣黨部主委，故對選舉的操作，他習慣用國民黨傳統組織戰與國民黨高層（尤其是李登輝）的「加持戰」，他主張朝向整合泛國民黨勢力的訴求作主軸。

經過多方折衝和討論，馬英九認爲，這三種想法都對，也都有擅長。所以，每個角度的策略全部都用。「李登輝效應」，仍被總部眾所認定，是馬英九成敗的最大變數，爲趨附李登輝的台灣人意識，主軸口號定爲「台灣第一、台北第一」；強調馬英九個人特質的也不可少，就用「一路走來、始終如一」；馬英九對台北施政願景部分，就採用「讓台北走出去、讓世界走進來，打造世界級的首都」。

白皮書撰寫分工

馬英九自六月底開始，基層跑透透，媒體及外界都看到，馬英九已正式成爲一位「參選人」。既然成爲參選人，外界隨之而來的，就會向其要「牛肉」，而馬英九此時都跟外界強調，「下個月（七月）底就會出爐。」事實上，當時馬英九交由林火旺負責彙總的白皮書撰寫進度，並不如預期。馬英九雖心急如焚，卻也束手無策，畢竟「發包」出去，負責撰寫白皮書的學者都是義務幫忙，總部實在沒有立場疾言厲色苛責任何人。

馬英九對於白皮書一直抱有非常高的期待，畢竟，陳水扁當年就是推出「市政白皮書」，而在台北市長開放民選中勝出，只不過，他最後沒有兌現支票。所以，馬英九爲表現出與陳水扁不一樣，決定也要推出一套白皮書，並在當選後好好「執行」，以「比較」出馬英九確實比陳水扁有執政能力。

自六月即交給林火旺進行的白皮書分類及分工作業，共分爲十一大議題，分由不同專業教授執筆，每位教授執筆前，都先和馬英九進行溝通及討論。原先計畫七月底、八月初時十一大議題全部出爐，集結成冊出版，對外端出「牛肉鍋」。但不同教授的進度不一，七月中旬即已確定無法同時出版，故決定採取分批出版，視選舉節奏，一本一本端出來。

七月中旬左右，由台大教授曹壽民所執筆的交通白皮書首先出爐。這本白皮書也是馬英九最爲重視的，其字裡行間，將台北市的交通做出清楚分析。政見部分，主要以「機車彎」、「人行陸橋電動扶梯化」、「停車資訊電子化」等三項爲主。

然而，這本白皮書所推出的政見，並非都適合用在台北市，其中「機車彎」即爲一例。馬英九當時曾在一個拜票場合準備提出此政見時，爲求愼重先以手機與筆者討論此內容，但筆者向其表示，基本上並不贊同此政見。當時馬英九並未向筆者透露，此係學者所提，筆者也就僅用常識與一般感受，與馬英九爭辯。最後，在沒有明確數字佐證之下，馬英九沒能採用筆者意見。馬英九執政後，在台北市全面實施機車彎布設，其反應顯然如筆者當時所分析，果然會成效不彰。

曹版的交通政策白皮書出爐後，林火旺即依馬英九指示，拿一份給機動組參考。身爲機動組成員的謝欣豫，當時仍是交通線上記者，當他看到這份白皮書時，第一個反應就是，「這怎麼能夠拿出去？」成員們驚訝問說，「怎麼回事？」謝欣豫指出，「這裡面所引用的許多資料、數字及分析角度，全部和市政府交通局正要出版的交通白皮書一模一樣，這眞要拿出去秀，馬上讓陳水扁他們拿來打、拿來笑。」

語出驚人之後，成員們遂請謝欣豫負責，撰寫一份報告，趁馬英九行程空檔，到「四〇一高地」機動組辦公室，聽取相關簡報。當天馬英九聽完簡報時，臉色凝重，望望林火旺，又看看在場的人，問說，「你們告訴我，現在怎麼辦？」當時祁止戈、筆者、謝欣豫相互對望，心想，把人家的東西捅翻了，當然要自己收拾，祁止戈說道，「要教授重寫，恐怕情面下不來，不如我們機動組，來收這個尾。」

馬英九詢問其他人之後，便裁示由機動組負責，撰寫交通白皮書，並限定要在八月完成。筆者當時心想，學者都要搞一個多月的東西，現在只給我們一個月不到的時間，這任務可說如千斤萬擔般沉重。

後來，機動組由謝欣豫規畫的「交通行動白皮書」方案準備上場，爲掩飾無法全冊出爐的缺憾，又得對外端政見的窘境，機動組乾脆將白皮書拆開來秀，一面操作動態的新聞議題，一面端出政見。這個方案共有公車篇、公車專用道篇、捷運篇、計程車篇、機車篇等多項議題，每隔二、三天秀一個，最後彙整加入靜態的政見，形成完整白皮書。一向嚴謹行事的馬英九，在此白皮書尚未公開發表前，還先拿給時任交通部次長的毛治國、交通部運研所所長馮正民與交通學者藍武王審閱後，於八月廿四日，在信義聯勤俱樂部發表。

這本白皮書，加入許多原來學者版所沒有的內容，而這些政見，後來也都被馬英九列入當選後的重點施政項目，如捷運內湖線先行延伸到大直（促使被凍結四年的內湖線預算解凍）、公車八年不漲價（一票到底，轉乘免費）、婦女○八○叫車專線、電子票證（悠遊卡）、廣設計程車休息區、捷運及公車路線整合等。

在此行動白皮書執行過程中，機動組在八月初排定一場機車政策白皮書行動，安排馬英九親自騎機車、體會機車族的痛苦。這時，機動組才驚訝發現，馬英九根本不會騎機車。活動前兩天，機動組商借一輛五十C.C.自排機車，清晨五點，跟馬英九約在動物園外的堤外停車場練車，當時機動組員祁止戈、筆者及周偉航，負責教馬英九騎機車，並在旁陪他練騎一個多小時。還好，馬英九學習能力很強，抓到平衡感後，馬上就能上手，解決了機動組的大難題。

白皮書撰寫工作上，機動組就像一支「救難隊」。完成交通白皮書發表後沒幾天，馬英九又透過蔡茂岳告知說，「馬先生希望你們也幫忙治安白皮書撰寫，這個比較急。」聽完，機動組成員連抱怨的時間都沒有，就接著投入撰寫工作。在馬英九上任後，所推出的「警察社區化」與「二年內改善治安」施政工作，即為當時機動組的傑作。後來，由於其他部分的白皮書進度逐漸邁向「正軌」，機動組才總算功成身退，專心從事編制內該負責的競選活動。

孰料，八月間，金、火兩人積怨已久的「嫌隙」，終於如火山爆發開來，負責彙整白皮書的林火旺，乾脆以學校要出國訪問之名，向馬英九請假散心。林火旺雖不在，但外界追著要白皮書的工作，可不會間斷，這個「燙手山芋」就落在當時身為活動組長的吳秀光手上。

以當時競選總部不「和」（和諧）與不「協」（協調）的氛圍使然下，吳秀光要負責白皮書彙整工作，可謂困難重重。身心俱疲的他，每天都自動到六樓機動組辦公室，與筆者聊天，抒發心中的不平與無奈。有天，吳秀光又因白皮書工作而感「受挫」，心情極度低落，來找筆者談話。當時的他，深吸一口長壽菸，緩緩「吐」出煙與不滿，吳秀光沮喪地對筆者說，他從美國念完書回國工作迄今，從沒到過如此令人沒有成就感與感覺很糟的地方工作。

十月底，財經白皮書即將公布之時，馬英九特別騰出半天時間，在總部辦公室仔細研讀，結果卻發現已印製十萬冊的財經白皮書，內容與邏輯很有問題。當時，馬英九很不高興，於是，行政秘書方惠中打電話到先前在白皮書工作上，扮演「救難隊」的機動組。

方惠中對筆者說，「鴻程，你們要不要去和馬先生談談，把這白皮書的事解決，不然，光讓馬先生自己悶著，也解決不了。」筆者向當時直屬的副總幹事單小琳報告此事，隨後又找馬英九共同會商，決定隔天財經白皮書發表會取消，十萬冊白皮書不得發出，重新改寫。當然，這改寫的工作，又落在「機動」組頭上。機動組立即情商時任北銀董事長的廖正井代為操刀，用一週左右的時間，完成改寫作業。

其實，在馬英九的競選過程中，自交通及治安白皮書端出來之後，媒體對於白皮書的追逐已不甚關切，也因此才能讓整個白皮書發表作業，拖延至選前五天，才發表出最後一本「工務白皮書」。

矗報風波

《矗報》是台大城鄉所學生黃孫權（外號阿貓）與他的一群學弟們，透過國民黨市黨部三組（文宣部）引介，和總部後援總會人員接觸，表示有意仿他們出版的《破報》形式，用年輕、另類的角度，談論一些正規軍政見以外的論點。

《破報》在當年是一項實驗性刊物，在西門町及戲院門口免費供人取閱，內容包含許多後現代主義概念與社會次文化類藝文人物及作品的報導，其中也包括「同志」的相關報導。

這群搞多了社運活動的學生，碰到國民黨這樣結構嚴密的組織，的確不容易打進核心，所以一直運作到十月份，才終於透過各種轉介，由總部後援總會推薦給總部文宣單位。而總部在擴大選票結構及吸引年輕選民的考量下，將這群台大城鄉所的學生，獨立在林正修所組的OURS之外，另組編輯群，以求增加馬英九關懷年輕族群的印象。

當時，這項企畫案，讓每個正經八百慣了的學者及黨工輔選幹部們，都感到興趣缺缺，甚至對於許多擅打「正規戰」習慣的幹部而言，實在有點「太辛辣了」。有幹部私下表示，「這種東西陳水扁他們可以用，馬英九用這合適嗎？」就在沒有人肯接這項企畫案的情況下，基於想在正規文宣外「另類打扁」的副總幹事單小琳及其直轄的機動組，因此接下這項任務。

然而，每項任務並不是接了就可馬上執行，還是得照程序走，否則經費很難申請到。所以機動組在和企畫單位溝通後，立刻安排向馬英九簡報。當時爲求慎重及保密起見，簡報還安排在總部附近，位於新生南路的一間建築師事務所進行。馬英九聽取簡報後，立即應允這項計畫，日後排定每週一期，每期一大張，主要內容爲訴求年輕選民的政見與四格漫畫打扁。

愛「玩」文宣又喜歡搞另類策略的單小琳，對這項任務有其期待，故扛下總其成的任務，每期出版都要經過單小琳的審核，始得出刊。十一月中旬，選戰進入到白熱化階段，兩陣營之間的一言一行都相當計較。此時，《羼報》第三期的頭題，是鼓勵抗繳學費以抗議越來越高的學費，這樣的內容，在一般社運人士眼中，不會感覺突兀，且該報刊又是總部以外的次級團體所出版之文宣報，故認爲不會對選情造成負面效應。

但相對於正經八百的選舉幹部而言，這已是離經叛道、不像話的言論。況且，他們還擔心對手陣營拿來作文章，對選情造成負面影響，因此當時也掛名副總幹事的蔡正元，就私下拿著那份《驫報》來向筆者反應。他說，「像這種東西，沒有辦法判斷結果好壞，就不要貿然出刊，寧可停刊不出。」筆者聽聞後未發一語。

一天下午，祁止戈和筆者在單小琳的辦公室內，討論造勢晚會的相關細節，突然，金溥聰氣急敗壞地敲門進房，興師問罪地拿出手上的《驫報》對著單小琳說，「單副總，這是誰准他們出刊的？不是說所有文宣出手前，都要文宣組看過才可以出去嗎？現在這種會造成負面影響的文宣出去了，看怎麼收拾。單副總，你們自己看著辦好了。」語畢，金也沒有打聲招呼，就直接轉頭帶上門出去。

一臉愕然的單小琳，臉一陣青一陣白，嘴裡嘟嘟噥噥地說，「這玩意兒，馬英九不是都要他看的嗎？現在他沒看，出事了要賴到我頭上。」越想越氣的單小琳接著暴跳起來，罵說，「×××（三字經），沒用的男人，沒看過這種不負責任的男人，×（動詞）。」氣壞了的單小琳，一邊罵還一邊把桌上的公文、書籍及各種和選舉有關的文件，往金溥聰剛走的動線及門上扔，其中一本書摔在門上時，還可從門上玻璃看到金溥聰的背影。

此事件過後，《驫報》只再出了一期，雖然內容四平八穩許多，但為免節外生枝，機動組還是出面情商企畫單位停刊。

馬嫂登場

「馬嫂會不會出來助選？」這是媒體在六月底、七月初，經常問馬英九的一個問題，但馬英九總基於尊重太太，不願幫她回答這個問題。從選戰觀點上，「馬嫂」遲早要出面的，所以，競選幕僚們絞盡心思，趁馬英九慶生，順勢推「馬嫂」正式登場。

馬英九的太太周美青，對於大眾而言，可說是極度陌生；相較對手陳水扁的太太吳淑珍，周美青還眞讓人好奇到極點。不只一般人對她好奇，就連競選總部的幕僚群，都深有同感。

七月初，在位於復興南路一段二一七號二樓，競選服務處例行會報中，其主題就是介紹「馬嫂」周美青和服務處同仁認識。當天機動組由筆者代表出席會議，旁邊則坐著新聞組長廖鯉。會中，在林火旺按例行會議程序進行各組工作彙報後，即進入當天的重頭戲。

當時，林火旺旁邊坐著短髮的周美青，會議進行中，她不發一語地，仔細聆聽各組報告。輪到她上場自我介紹的時候，說話字正腔圓，聲音中氣十足，驚豔四座。站在筆者右手邊發言的她，簡單自我介紹後，表明她感謝所有同仁幫馬英九打這場選戰，就她而言，她絕不干涉總部任何事務，這是她做事的分際。至於她何時該出馬助選，她說，「這不重要，候選人是馬英九，不是我，我何時出面並不重要，該我出面的時候，我就出來。」

周美青和競選幹部的第一次接觸，對筆者與旁邊坐著的廖鯉而言，可用「震撼」兩字形容。因爲周美青比馬英九給予人更剛烈的印象，而這樣的候選人夫人形象，大部分幹部都認爲，「操作空間太小」。

回到「四〇一高地」之後，廖鯉和機動組共商「夫人牌」該怎麼打。成員們認爲，以周美青率眞的個性，要勉強她做出一些，爲選舉才做的事，是不可能的，但迫於選舉，總不免須接受一定程度虛僞的無奈。在選舉操作上，「夫人」不可能永遠被藏著的情況下，大夥決定，以一種軟性方式，介紹周美青出場亮相，免得在選戰中才逼得她該出場時，周美青的率眞，恐怕會「震撼」到媒體和民眾。

正好馬英九的生日是七月十三日，而該週日是七月十二日，故決定提前一天爲馬英九慶生，地點就安排在馬英九家附近的貓空杏林村茶園，全家出動爲他慶生，並邀請記者媒體共度。

這項任務由機動組范植明負責，經過近一星期的準備，當天以一種和樂的氣氛，安排周美青面對媒體。當然，周美青還是完全按照她自己的個性發言，媒體也發現她的率真。那場「選舉秀」中，唯一按照幕僚安排進行的「戲碼」，只有兩人從餐廳走出來散步時，「馬嫂」一定要「牽著」馬英九的手，讓媒體拍照。

慶生會達成馬嫂與媒體有約的進程，而馬嫂當天也很清楚地對外表達，她要作她自己的立場。因此，媒體似乎不再對馬嫂在這場選戰中的角色有興趣，也沒有過度強調她和吳淑珍的比較。周美青甚少到總部活動，但她仍然在私下，給馬英九一些意見，其中五場電視辯論會，她擔任馬英九講稿總其成的角色，將總部各組彙整的資料，綜整爲可以上台使用的辯論資料。

曾經有一次，馬嫂出現在總部機動組辦公室門前，那時筆者剛好從外面進來，碰到馬嫂。但因平時沒打交道，突然碰到時，也不知談什麼話題，筆者只好東拉西扯地，說些地方基層習俗，後來聊到有關大家喜愛馬英九的話題時，馬嫂卻笑著說，「你們都是來捧馬的，我可是來打馬的！」一時間，空氣凝結成冰，筆者尷尬之餘，心想，「馬嫂的打馬功夫，果然高明。」

廣告利益　分配不均

台北市議會的「陳家班」成員，一直是馬陣營非常關切的一支地方勢力。因爲以「陳家班」的地方派系實力，非但毋須馬英九的光環來罩頂，反而可以「拉抬」馬英九選情。雖然，其「精神領袖」陳健治已經是馬英九競選總部主任委員，但對仍在議會尋求連任的成員們，總部仍要小心謹慎地「呵護」著。

所謂陳家班成員，顧名思義就是全部姓陳，包括陳健治、陳政忠、已故的陳進棋、陳錦祥、陳永德、陳玉梅。這些人都是地方上傳統政治勢力，財力更是雄厚。因此，這幾位議員集中在議會辦公室的區域，被稱呼爲「華爾街」。

馬英九甫宣布參選時，「陳家班」之首，時任台北市議會國民黨團書記長的陳政忠，即跟隨議長陳健治盛讚這是振奮人心的安排。他並表示，馬英九參選，對於議員選舉的選情有利等十分正面的談話。

當時，機動組成員也曾經向馬英九分析「陳家班」的實力。這些議員都是世代，在當地選區內經營的地方派系，大部分也都以建築業起家，財力雄厚不在話下；其地方勢力的選票操作能力，更是不容小覷。更重要的是，他們全都是台灣省籍的地方仕紳，屬於「本土型」的選票結構，這方面的選票，對於初次參選的小馬哥來說，是非常重要的資源。

另外，陳水扁取得台北市執政權以後，對議會生態的經營，不遺餘力。雖然「陳家班」是國民黨籍，可是陳水扁一直和他們保持著非常良好的互動關係，馬永成還銜陳水扁之命，直接和他們聯繫及互動，可見陳水扁對他們身後所擁有的選票資源之重視。

因此馬英九在宣布參選之後，多次到台北市議會拜會黨團，甚至，馬英九還特別在七月二日當天前往議會，聆聽陳政忠針對陳水扁所進行的總質詢。當時，馬英九坐在四樓旁聽席，仔細聆聽議員和陳水扁之間的攻防，陳水扁也知道馬英九在場，還「意有所指」地回應陳政忠等人，「希望不要看到外表長得好看的，就移情別戀。」

在這樣的認知和觀念操作下，加上陳健治從中調和，馬陣營和「陳家班」之間始終保持非常良好的互動關係。不過，也偶爾會出現擦槍走火的狀況。當時，以自由主義著稱反國民黨威權起家的《自立晚報》，經營者是陳政忠，六月以來，《自立晚報》對於馬英九的報導，並沒有因他是國民黨籍的候選人，發生惡意攻訐或刻意忽略的情事。

到了十月，競選總部即將成立，各組全部進駐到新生南路競選總部辦公室，新聞組及機動組在看報、比報時，發現《自立晚報》的報導出現異象，不但以跨版方式撰寫馬英九新聞，還多傾向於負面報導。這件事，廖鯉和筆者特別在總部會報中提出，當天會議主席吳伯雄特別裁示，請主任委員陳健治找陳政忠協商，希望能夠改善此狀況。

不過，這樣的情況並沒有改善，同樣情況還是一再地發生。筆者再度在會中反應此事，而當天會報主席恰好是陳健治。他聽取報告後，忍不住說，「×××（口頭禪）這個阿忠是在幹嘛？（台語），我擱來去呷伊講看嘜，問看是啥代誌。」

過了幾天，只見陳健治神祕兮兮地，搭著金溥聰的肩，到他的主委辦公室密談。原來，《自立晚報》的「大動作」，是因不滿掌握在文宣組的廣告購買預算，在平面媒體部分，幾乎全部砸在《中時》、《聯合》、《自由》三報上，其他報紙幾乎沒有分到廣告預算，《自立晚報》更是一毛也沒有。文宣組此舉，對於在選季期間靠競選廣告過活的報社，無疑是得罪人而不自知。也難怪《自立晚報》要用大篇幅新聞、大動作地「間接」表示他們的憤慨。而這樣的作法，當然成功換來後續數千萬元的廣告預算。

城市改造備忘錄

七月，馬英九與機動組會晤後，雙方便分頭籌備「廿一世紀台北城改造備忘錄」發表會事宜。機動組開始進行備忘錄撰寫工作；馬英九則就企畫中各項政見，到處諮詢總統府、國防部等單位，了解松山機場遷建與總統府前廣場空間解放的可能性等。

選戰活動規畫裡，最重要的是敲定發表備忘錄的地點。當時大家認爲的最佳位置，就是新光三越大樓頂樓。但是根據各方消息，扁陣營也打算在新光大樓舉行一場大秀；新黨的王建煊也將在新光三越大樓辦活動，於是，機動組立即向馬英九分析，辦活動的地點要有機先與獨占性之考量，故應盡早敲定新光大樓的商借事宜才行。

馬英九深感同意，並表示，他在企業家拜訪行程中，已排定與新光的吳東亮見面，屆時，他會向吳董表達商借之意。果眞，在馬英九與吳東亮見面的時機中，敲定了這項場地借用案，更確定只借給馬英九競選總部使用。

場地敲定後，備忘錄內容成爲活動成敗的關鍵。這份備忘錄由林正修和祁止戈共同主筆，五千字的內容，經過一個多月的琢磨，終於定稿給馬英九。但到九月期間，選戰已進入熱戰階段時，馬英九仍對其內容有些意見，故一字一句的表示意見與修改。

直到活動即將舉辦的前三天，機動組先把備忘錄內容中的政見和主張，交給活動主辦小組與場地布置組；而馬英九當天要用的講稿，卻延至活動前一天才終於定稿。定稿當天晚上十二點，馬英九還必須先到新光三越大樓頂樓作彩排，十一點半左右，馬英九帶著疲憊身軀到達會場，手中還拿著講稿，爲了爭取時間，機動組引領馬英九根據規畫動線彩排一次「走位」，之後又配合講稿一邊比劃，一邊唸稿子。

彩排過程中，一旁工作人員發現，馬英九對講稿內容顯然不是很熟。畢竟一天的行程太緊湊，怎會有時間靜下心來研讀這些稍嫌艱澀的講稿內容，尤其要在這麼短的時間內消化，的確有點困難。彩排直到凌晨一點多才結束，馬英九又還不很熟悉講稿內容，這點讓機動組成員感到非常憂心。

隔天上午十點前，大批媒體記者陸續到場，電子媒體現場直播的機器也已架設完成，主辦單位事先安排的地方人士、馬英九父親馬鶴凌、母親秦厚修及大姊馬以南皆陸續就坐，等待「觀禮」。

十點鐘，馬英九到場與現場來賓招手致意後，開始發表「廿一世紀改造台北城備忘錄」。馬英九行雲流水般的陳述，讓在場所有工作人員爲之咋舌。連續幾天跑行程，根本無暇熟悉稿子，前一晚行程拖到凌晨一點多才得以回家的馬英九，今早竟然可以一字不漏地，跟著節奏，將備忘錄闡釋得清清楚楚。工作人員個個驚訝不已。筆者當時心想，「他眞是厲害，回去才幾個鐘頭而已，竟可以將五千多字的稿子，背得一字不漏，令人佩服。」

馬英九在這場大秀當中，讓人耳目一新，不管是先天或刻意安排，都讓馬英九在陳述改造備忘錄的過程中，對自己的主張充滿自信；對於他自己與這個城市之間的氣息互動，也充滿期待。「翻轉軸線，活化西區」的承諾，充分表達他要經營這個城市的誠意。

無怪乎，整場活動結束以後，當時全神貫注聆聽的馬鶴凌，會後非常滿意地對著大家說，「英九硬是要得。」

第六章

分區造勢　滾動基層

造勢晚會　路線爭議

造勢晚會該如何辦？在馬英九競選總部內，有國民黨及非國民黨的不同思維，造成極大爭議，最終以「選民最大」爲思考主軸，選民在哪裡，馬英九就到哪裡去辦造勢晚會。因此，分區造勢成爲馬英九最後衝刺的活動主軸。

九月底，馬英九經過國民黨市黨部安排，分區舉辦十二場政見說明會，向國民黨基層黨員進行一波造勢動員。就國民黨的角度看，馬英九已經分區跑過一次基層，再來就是集中式的動員造勢了。這是國民黨傳統的選舉模式，更是固定的操作方法。

只是對於長期跑新聞出身，看多了民進黨、新黨選舉造勢模式的機動組成員認爲，這種國民黨式的選舉模式及思維，對於馬英九的選情是不夠的。因此，在初期進駐的時候，就規畫出分區造勢的活動企畫，後來又結合分區政見白皮書的撰寫，機動組修正出一套結合文宣、掃街、晚會三合一的活動企畫，計畫在十月或十一月份衝刺階段推出。但這套企畫，提報到總部會報中，立即引發爭論。

這次會報是總部進駐新生南路競選總部前，最後一次在「四○一高地」舉行的會報。會議輪職主席是競選總部主任委員陳健治，詹春柏及吳伯雄分坐主席兩側，而馬英九因爲跑行程關係，十點半才趕到會場，一臉倦容地坐在吳伯雄旁邊。

經過一般議程討論及選情分析之後，機動組由筆者提案舉辦分區政見說明會之細節，交由各單位討論。這時，詹春柏表示，陳水扁政府已經下令，凍結活動場地的租借，屆時臨時去哪裡找場地辦晚會。筆者回答說，場地部分已和即將接任副總幹事的單小琳私下討論過，她表示可以透過在教育界的關係，借學校操場舉辦晚會，所以，場地不是問題。

緊接著，詹春柏又對這種化整爲零、分區到各地舉辦晚會的作法，諸如「人從哪裡來？」提出許多質疑。詹春柏指出，「黨部動員是要有節奏的，不能密集動員，到時疲軟掉了，投票就懶得動了。」筆者說，「我們希望這些分區晚會，是結合白天掃街、拜票，及文宣攻勢的自然動員，眞正把各區當地的選民，動員出來參加晚會，不是要動到黨部的人。」詹春柏又說，「不動員黨部的人，到時晚會沒有人，氣勢沒拉起來，士氣搞低了，誰擔得起？」

坐在一旁的廖鯉直搖頭，祁止戈則按捺不住，逕自站起來說，「主委（指詹春柏），如果到這個時候，用馬英九三個字，還動不出人來的話，可見馬英九在民間也沒什麼賣點，反正也選不贏，我建議馬先生，現在就宣布退選好了。」此話一出，現場氣氛完全凝結，疲憊的馬英九突然很無助地看著坐在對面的筆者、祁止戈、廖鯉、陳慶安、蔡茂岳等人，心裡可能想，怎麼這時還有人叫他退選？只見馬英九放下手裡的餅乾，習慣性地咬著他的手指頭，未作聲。

主席陳健治看氣氛僵住了，就用閩南語圓場說，「看他們這樣有把握，而且說得也有道理，就讓他們搞看看。主委啊！嘜堅持啦，給肖年耶辦啦！」詹春柏見陳健治打圓場，也就沒再堅持，只是嘴巴還不鬆口地說，「到時阮黨部是沒要動員喔！」

經過這場「提案大戰」，分區政見說明會終於成爲總部定調的主軸活動。到了十月底，由總幹事朱甌主持的十一月、十二月最後衝刺期行程會議，朱甌翻開空白的行程曆，開宗明義說，「這最後的行程，以機動組的行程優先，機動組把規畫好的活動、拜票行程排入之後，其他各組的活動再依序排入。」筆者即將原先規畫好的行程表交給朱甌，並分發給其他各組代表參閱。

這時，後援會活動組長陳光陸也提出一份十二場造勢活動企畫，舉辦場地集中在大安森林公園、國父紀念館等地，群眾則用傳統動員以遊覽車載運的方式。陳光陸並非九月底參加會報的成員，顯然不知道總部的決策，故堅持爭取採用他的企畫案，取代機動組的安排。

與會的筆者只好將九月底的說明再講述一遍，聽過各造意見後，朱甌照他原訂的態度安排行程，整個分區造勢活動這時才眞正定案，並落實在行程及活動進程之中。

雖然經過一番行政上的周折，晚會終於在十一月中旬開跑。一場場晚會運作下來，出現令人意想不到的情況，一是，雖然沒要國民黨區黨部動員，但仍需要作一些行政配合，故每個區便自然形成「競賽效應」，每個區黨部都自劃爲「地頭」，輸人不輸陣，馬英九到自己地盤上來，怎可漏氣！故一場場的活動下來，後一場的區域都會給自己設定「績效目標」，一定要比前場更多人，以致晚會場子人潮，一場比一場更多。

二是，國民黨一貫由上而下的指令式動員，被由下而上的自然動員方式，帶來了新的選戰面貌。陳健治站在台上，對著許多非國民黨基層的民眾，虎虎生風地批扁；詹春柏在熱烈的氣氛中，竟有選民拿著帽子給他簽名，一連簽了好幾頂，儼然成爲明星。這些從未有過的經驗，無怪乎，原本最憂慮的他，會在給選民簽完名之後，搭著筆者肩膀，笑咧著嘴說，「鴻程啊！好、好，這個晚會好，再加辦一場，在南港好了，再加辦一場。」

到了二〇〇四年，筆者側面參與國民黨主導的總統大選活動執行工作，從中了解到，國民黨式的活動舉辦及動員，是錢跟著人動，動員令一起，錢脈就會跟著動。再回想一九九八年的往事，詹春柏的顧慮是有道理的，那種不需透過錢脈運轉而起的動員，如何啓動和運作，簡直是不可思議的事情！所以他才會那般焦慮地，阻擋機動組的提案。

中正首場　小試牛刀

定名為「讓台北走出去，世界走進來」的區政說明會，從十一月十二日（國父誕辰紀念日）展開首場開跑，區域選在中正區，地點則定在強恕高中。

為什麼是強恕高中？因為在一九九八年，陳水扁強勢懾人，無論業界、教育界，甚至學界，到十一月選舉將至仍不敢押寶，遑論表態支持馬英九。因此，單小琳商借場地時，只好以私立學校為先，避免造成公立學校校長的困擾；再則，這是首次以非國民黨式的方式，舉辦造勢晚會，場地不需太大，可以減輕因人潮不足所帶來負面衝擊的風險。

首場之前，各方面工作協調是免不了的，當中，最重要的是與國民黨十二個區黨部的協調會。十一月六日下午，總部透過市黨部發出會議通知，召集各區黨部執行長或總幹事到競選總部開協調會，會議由總部副總幹事單小琳擔任主席總協調，單小琳在會中依規畫單位要求，提示各區黨部相關行政配合事項。

到場的執行長、總幹事們，對於總部舉辦如此重大的造勢晚會，卻「只要」他們執行找人插旗子及準備幾張桌子的簡單任務，深感不可思議。一再半信半疑地詢問，「就只要這些嗎？不要動員嗎？如果要，要先講喔！別到時臨時要我們去找人，那可是做不到的。」單小琳仍回答「不需要。」這些長期在地方上配合國民黨高層運作、辦活動的黨工們，當場帶著一臉的疑問和不解，散會後各自回到駐地張羅去。

十一月十二日首場，中正區執行長王詩惠雖然沒接獲指令要動員，可是，他還是非常謹愼地，到總部張羅旗幟、帽子、背心等相關造勢晚會配備。七點鐘，晚會正式開場，群衆陸續進場，現場以神鼓震天的鼓聲拉開晚會序幕，主持人爲郎祖筠和趙自強。

因爲是系列活動，所以除了助講員，其餘節目都是套裝的。神鼓之後，沈文程現場演唱馬英九的競選歌曲。節目進行著，筆者和祁止戈在場內外觀察全場概況，大約七點半，強恕高中不大的操場上站滿了人，且不斷有人進進出出，還有人說，「馬英九還沒來，等他來了，再來看。」

至於到底有多少人？那不重要。重要的是，電視畫面上人山人海；重要的是，詹春柏看得笑逐顏開，沒有再表示反對意見。這場「非國民黨式」的晚會有項重大突破，候選人不再從後台像神仙下凡般直接上台接受朝拜、歡呼，而是從會場最外圍，從群衆中穿過，與群衆握手、進場、上台。

八點半，馬英九座車到達現場附近，先由筆者上車，向其簡報隨後要上台講述的區政政見重點。聽到煙火聲，再由筆者和七海警衛隊出身的動員組長趙靖邦陪在馬英九兩側；隨從陳慶安及隨扈警官李雲龍、陳智華，則分別在馬英九的前、後，戒護開路上台。

此時，主持人帶領台下群眾，高喊「馬英九、馬英九……」歡呼聲中，人們搶著要和馬英九握手。人群重疊著、推擠著，幾近瘋狂般地，要和馬英九握手，即使是摸到一下都好。在旁邊的筆者，除了一邊提醒「馬先生，這邊，那邊……」讓馬英九不要漏掉伸出來的每一隻手外，還要一邊觀察馬英九的反應。

筆者印象深刻，頭一次進入這種陣仗的馬英九，一下子被這麼多人包圍，臉上不禁露出驚愕的表情。不過，強恕高中操場不長，十分鐘左右，馬英九從人群走上舞台，開始他第一場區政說明會，講述他對中正區的建設承諾，許台北市、中正區一個可期待的未來。

馬英九演講完，一陣凍蒜歡呼聲後，馬英九沿原路與人群握手，到會場出口，並在出口處和散場的民眾握手、拍照、簽名。曲終人散，除工作人員整理現場外，在舞台下一隅，幾位其他區的黨部執行長，一起盤算著輪到他們的區時，該如何做得比中正區這場更好。各區之間的造勢競賽，就從這裡開始了。

士林對決 北投爆滿

馬、扁陣營雖同採「在地造勢」策略，卻衍生出不同的思考。馬陣營採「在地集中」式，扁陣營則採「在地分散」式策略。因此，兩陣營同時、同地對決時，陳水扁場子的熱度與氣勢，都遠不及馬英九。

馬英九的第三場區政說明會，安排在傳統民進黨票倉區——士林區（百齡國中）。當天行程安排，馬英九在晚會結束後，就近到士林夜市拜票。同時，陳水扁也適巧在百齡國小舉辦分區說明會，兩人的場子只有幾步之遙，形成兩陣營「拚場」的對峙情勢。

士林這場晚會，是馬陣營「西進虎穴」策略成功與否的驗收地。因此，總部派駐的動員小組與國民黨區黨部都卯足全力，利用掃街、文宣、組織動員等方式，把場子撐起來。這樣「用力」動員下，七點鐘才開始的晚會，六點半不到，就已聚集大批人潮，把操場空間全部占滿。

馬陣營方面一聽說陳水扁剛好在附近也有場子時，機動組便派出刺探，到陳水扁那裡了解情況。後經回報，扁陣營那裡大多是從外地動員來的人，而且聚集的人不是很多。當下，馬陣營明瞭，陳水扁以現任優勢之姿，將其政見說明會以「遍地開花」方式舉辦，導致每個晚上陳水扁都有許多場次的晚會及說明會要跑，最後，不但人潮被自己舉辦的場子給分割，陳水扁也疲於奔命。在最後衝刺期，陳水扁這樣的策略，就更顯劣勢。

十一月十五日晚上，士林晚會一開始，主持人就將探子回報的「軍情」，向台下群眾宣布，「阿扁的場子就在旁邊，我們今天來支持馬英九的人，比他們還要多，他們現在還是小貓兩、三隻。」群眾聽到敵對陣營比不上自己，一陣歡聲雷動，士氣大振。

陳健治上台演講，火上加油說，「咱這攏是士林地區民眾來捧場，不像隔壁，笑說咱人少，其實他們那都是全省動員來耶，不知他是選台北市長還是選總統？」他一陣揶揄，果然立刻引起台下熱烈呼應。

接著，馬英九進場，當他從人群中走上舞台時，陪在他身邊上台的筆者，看到群眾比前兩場的人更爲瘋狂，明白勝選有望。馬英九則益加鎮定、神態自若笑著，誠懇握住每一隻手，當馬英九正要對士林鄉親演講時，卻傳來隔鄰的陳水扁離開而響起的送客鞭炮聲。十點鐘，馬英九場子正熱鬧，陳水扁的場子卻已關燈收場。

經過士林區的激勵，馬陣營在十一月十九日，又選在同樣具有綠倉指標意義的北投區（北投國小）舉辦說明會。當天計畫就序，當地民眾也陸續進場，這時筆者驚訝發現，不但有許多市府員工勇敢走進馬英九的場子裡，還有警察穿著制服，以協助維持交通與秩序之名，站進馬英九的場子，聽馬英九和助講員的演講。

經過幾個場次的運作，民眾看馬英九或與其握手的意願增高，從八點半開始，越是接近馬英九到場的時間，人來得越多。九點鐘，操場及一樓的教室走廊區全站滿人，陣營趕緊協調開放出二樓教室區走廊，隨後，短短十分鐘光景，連三樓教室區也必須開放，以吸納不斷湧入的人潮。

煙火升起，「煙斗飄撇的馬英九……」歌聲響起時，大家知道馬英九來了，全場瘋狂。第一次在中正區的說明會，馬英九十分鐘就上了舞台；到了這次（第五場），從門口到站上舞台，花了將近半個鐘頭。北投國小的那一夜，比白天更熱鬧，更沸騰。

從這兩場造勢晚會的人氣來看，證明馬英九靠著兩條腿，親力親爲地，在西區基層拜訪及露面的作爲得到了回饋。更重要的是，十二月四日投票日當天，士林、北投區的選民們，也果眞給馬英九極大的支持。雖然馬英九在當地的選票數輸給陳水扁，但數字僅有千票之差，相對於過去的戰史，馬英九確是在這兩個選區「大贏」陳水扁。

萬華滿場　老連相挺

「艋舺囝仔」——馬英九，回到萬華舉辦區政說明會時，無論是地點、助講來賓、流程，全部都是最特別的。而萬華鄉親也給馬英九最特別的回饋——滿坑滿谷的人潮，接待「回鄉」的馬英九，讓馬英九嗅到擊敗阿扁、當選台北市長的氣味。

自區政說明會開跑起，主辦的機動組就一直希望在西區六區中，尤其是萬華、中山、大同、士林、北投等五個傳統綠倉區域，能夠請出本土型重量級（特別是李登輝）人物，來爲馬英九站台。經過各種聯繫，李登輝當然是請不動，倒是當時李登輝的總統接班人——副總統連戰，一直在幕前、幕後挺著馬英九。因此，在討論萬華這場回鄉秀時，單小琳就力主，由連戰來爲馬英九站台。

單小琳一和副總統辦公室方面聯繫，馬上獲得正面回應。連戰同意出席萬華這場造勢晚會。助講來賓確定後，地點應選在何處？爲此，總部召開會議討論，會中，筆者主張，「要挑戰高難度的，就到號稱台北民主運動發源地——龍山寺廟口去辦，選在龍山寺對面的十二號公園預定地舉辦，待晚會結束後，還能讓馬先生進龍山寺參拜。」

這項提議，確實讓在場的老台北人顯得猶豫。陳健治就直言，「那裡平常一大堆支持民進黨的死忠派聚集，別說進龍山寺了，會不會連晚會都給鬧場鬧掉了？」筆者則認爲，「區政說明會已經辦這麼多場了，場子只要能夠搭得起來，龍山寺那些人，不會有什麼作爲，也起不了什麼作用。到時人潮一多，要是他們鬧事，也只是壞了民進黨的社會觀瞻，壞了陳水扁的選情。至於，到龍山寺參拜，可以事先安排，問題不大。」

也許是經過數場說明會的陣仗經驗，總部諸公大老們，對於到萬華龍山寺去「拚一下」的意見並無反對，且士氣和鬥志反倒高昂得很。但陳健治的憂慮，也不是不可能發生。十一月廿二日下午，晚會場地組人員進駐現場搭台，就受到龍山寺前民進黨死硬派支持者的阻擾，並占地不去，存心讓晚會開天窗。工作人員打電話給筆者，告知現場狀況，筆者對其表示，場地是依規定借的，遊民若存心滋事就報警處理，現場人員依示處置，最後果眞由當地派出所派警排除阻礙，才讓搭台工作順利進行。

下午四點多，筆者接到訊息，「副總統辦公室人員要總部五點鐘派人到龍山寺去，協調晚會現場周邊的戒護工作。」筆者便和趙靖邦一同前往協調。協調過程中，筆者親睹元首、副元首隨扈工作及戒護安排的細膩處。以副總統為核心，向外一層層的哨位、動線戒護部署，可說是作到「密不透風」的程度。包括連戰的隨扈警官，知道馬英九都是從人群中，上、下舞台，他也基於連戰即將參選總統的想法，故建議安排連戰和馬英九一起接近民眾。但一旁軍方特勤人員立刻制止說，「不可以！為副總統的安全考量，副總統還是依計畫從後台上、下。」「安全」兩字一出，警官也不再多發一語。

這樣的場景，不禁要比較二〇〇四年三月十九日下午，在台南發生的那一幕。陳水扁與呂秀蓮同坐一車，對著雜沓的人群揮手，隨後兩人先後「中槍」、「勝選」。同樣的總統府安全機制，由不一樣的政黨執行，對於元首、副元首隨扈戒護工作的標準，怎就會有此差距？確實讓人感到費疑猜。

回到龍山寺協調現場。連戰隨扈警衛小組確認節目流程和連戰出場時間及動線，並向筆者說明應配合細節後，便各自部署。至於晚會後馬英九入寺參拜一事，筆者讓另一位動員小組成員趙靖安先與龍山寺廟方協調開廟門的時間，獲廟方同意於十點開廟門，讓馬英九進入參拜。

晚會如常開始，只是這場地不若先前規畫，都是在校園封閉區間內，而是緊鄰和平西路及廣州街的開放區間。隨著晚會進行，人潮一波波蜂湧進場，不到八點，廣場已擠滿人，開始往廣州街上擠，不一會兒，廣州街已無法通行，萬華分局也臨時封閉道路，容納陸續增加的人潮。半小時後，連廣場斜對角的麥當勞都停止營業，提供給看晚會的人潮站在二、三樓，從遠處觀賞。現場人山人海，水洩不通。

第十三場區政說明會助講來賓，就以連戰爲「最大腳」。而現場也是全系列區政說明會場子最滿也最熱的一場，可說給足連戰和馬英九面子。連戰大約九點上台推薦馬英九，說馬英九世界走透透，最有國際觀，又捐血五十多次，是最有愛心的人。他要大家「阿爸招阿母，樓上招樓下，厝邊招隔壁，親戚五十票，朋友一百票，共同爲馬英九拉票，讓他當選台北市長。」

九點廿分，馬英九到場。在萬華當地陣頭安排的獅隊開路下，馬英九從人群中被簇擁上台。他和連戰握手之後，開始針對萬華民眾，提出區政遠景說明。連戰在一旁耐心聽完馬英九演講，終場拉著馬英九的手，一同接受台下群眾的歡呼、加油及預祝當選。

馬英九一演講完，煙火再起。連戰這時由隨扈人員護送離開，馬英九則由獅隊引導往龍山寺方向前去。但由於人潮擁擠，將走到廟門前時，筆者從遠處看到馬英九的隊伍竟左轉而去，一時無法阻止，待抄近路挨近隊伍時，馬英九已被帶進寶斗里。首次到此地的筆者，看到這兒許多「住戶」，鶯鶯燕燕地，或倚在窗台上，或拿著旗子，爲馬英九歡呼、加油。

馬英九就在這樣的夜裡進寶斗里，在歡呼及鞭炮聲中逛了一圈。馬英九從寶斗里出來後，回到晚會現場附近時，竟然上了車。同時，司機還示意筆者說，「要回去了。」但參拜龍山寺的行程還沒完成，又已和寺方協調好，要入寺上香，怎可不去？筆者納悶之餘，遂步行追著緩慢行進的座車，了解實情。

當筆者跑到龍山寺正門，看到電視台攝影機全架著，門前有零星民進黨支持者排成一排站著外，萬華分局長吳振吉也帶隊圍起警察人牆。當時，吳振吉示意筆者，馬英九已在寺內，正由陳健治陪著上香，隨後便靜悄悄地走出龍山寺，投入餘溫未盡的晚會現場和民眾握手致意，隨即上車離去。

後來，筆者由側面了解，馬英九等人是接受區黨部人員的建議，不要和正門的民進黨支持者正面接觸，故從側門進入上香，以免發生衝突。當然，這是一種說法，另外一種說法卻是馬英九無法從正門進入龍山寺，乃屬扁系人馬的吳振吉指示員警擋駕所致。而這個說法，後來也成為吳振吉被降調至北投分局的一個理由。

無論哪一種說法，總之，結論是馬英九的回鄉之旅，出奇的順利，出奇的熱鬧，更在離投票日不到半個月的日子裡，現出馬英九擊敗阿扁的端倪。

文山區壓軸

阿扁在一九九八年連任之役，除了老婆牌，還遠從台南搬出老媽牌，用「阿母的便當」訴求本土型態的親情表現，企圖喚出另一種型態的「悲情票」。馬英九陣營也不甘示弱，在區政說明會壓軸的最後一場，回到馬英九居住地——文山區，請出馬英九的老媽——秦厚修，破天荒地站上政治舞台，幫馬英九站台，爭取重視家庭觀念的「溫情票」。

「讓台北站出去，世界走進來」的區政說明會，在十一月廿九日來到文山區。這一天，白天才結束一場十萬人的大遊行，馬英九的人氣，已從初參選時期的「狗不理」階段，直衝上擔任政務官時超人氣明星的氣勢。在這種氣勢帶動下，回到其居住地的晚會，當然不可馬虎，指標性更不可忽視。

統籌晚會邀請來賓的副總幹事單小琳，本身也住在文山區。因此，她主張這場晚會要形塑「回家」的感覺，必須很母性、很溫馨。於是，她在眾人不知情的狀況下，邀請馬英九的母親秦厚修，參加這場晚會。

文山區原先就被設定爲馬英九的大票倉，加上白天遊行帶動人氣，因此，總部對於晚會人數並不擔心，心情也顯得比較輕鬆，大家都感覺「回家了」。果眞這場壓軸晚會，因白天遊行亢奮情緒未散，夜晚，激動的民眾全部走入景美國中晚會現場，造成人潮擁擠不前。

雖馬嫂周美青對於單小琳把「媽媽」帶出場，頗有微辭，但秦厚修終究還是站上了舞台。馬英九上台時，看到媽媽竟然站在台上，喜不自勝地親吻她的臉頰，接著，四位姊妹也都上了台。馬英九看到家人們在台上團圓，幽默地說，「怎麼這麼多。」

這場壓軸晚會，輕鬆歸輕鬆，但政治目的依然要達成。所以，晚會除秦厚修「離家近，剛好來看看」的溫情家庭秀外，也要利用在文山區的機會，「假口」別人來區隔馬英九和新黨、王建煊，以達到將選票轉移到馬英九身上的目的。

選舉熱戰階段，國民黨秘書長章孝嚴提出新黨泡沫論。當時，資深導演劉家昌大買報紙廣告，批評新黨競選總經理趙少康，並向新黨選民喊話，暗示選票集中才能打倒陳水扁。

劉家昌也在這場晚會上，爲馬英九助講。他猛批趙少康是政客、騙子，更引述李敖的話，「聖人也會誤國」，說投給新黨王建煊，就等於投一票給陳水扁。他呼籲民眾要集中選票給馬英九，不要投給王建煊分散票源，讓陳水扁再連任。

這場晚會的溫情牌和吸收新黨選票牌，果然很成功。經過五天，開票結果出爐，光文山區馬英九就贏陳水扁三萬多票，足夠彌補在西區小輸選區的輸票數總和。

特別來賓難尋

根據單小琳的規畫想法，每場分區說明會，除了馬英九及固定套裝表演節目外，都希望能夠有位「神祕嘉賓」，幫馬英九助講。只是這些來賓邀請的難度極高，其中又以李登輝爲最，最終只得情商侯冠群模仿「李祖惜」充數。

每場分區說明會邀請與安排神祕嘉賓的工作，由副總幹事單小琳負責。不過，國民黨系統中的政治人物，對於選戰配合的彈性卻相當低，經常讓單小琳感到一個頭兩個大。

從第一場中正區開始，說明會固定由優神鼓開場，依序安排沈文程競選歌曲演唱、黃大洲市政開講、陳健治打扁時間、社會名流推薦馬英九時間，然後馬英九爲鄉親說明其地區政見及承諾等內容。

根據上述規畫，固定套裝節目裡，每場都要有位「重量級」政治人物，爲馬英九抬轎。

因此，李登輝、連戰、蕭萬長、宋楚瑜、孫運璿、陳履安等「大腳級」政治人物，全都是單小琳名單中的人選，只是規畫和實際之間卻有著極大的落差。

分區說明會訂在十月份，每次規畫須經過總部內部一番討論，始能定案。再加上場地借用問題，因此，無法事前將各區先後順序排定，以致每個分區來賓的目標人選，不能事先確認總部排程的時間，造成來賓聯繫工作經常得臨時上陣。

每次單小琳在活動前一、二天，甚至是當天才得以和當事人聯繫，結果往往是能夠配合的人少，而配合度高的老面孔，就會固定地一再出現。其中，友情贊助最積極的，就是時任外交部長、差點出馬挑戰陳水扁的胡志強與時任文建會主委的林澄枝。另外，中央級大員則以時任行政院副院長劉兆玄出現頻率最高。

胡志強爲馬英九站分區說明會的台，至少有三次以上。只要單小琳原定安排的來賓無法到場，只要找到胡志強，胡志強幾乎沒有拒絕過，立刻到場擔任神祕嘉賓，用他幽默風趣語調，推薦馬英九。

至於總部在西區虎穴六區的特別來賓安排方面，還是傾向本土形象的政治人物爲主。所以，時任交通部長的林豐正，就在北投區上場；行政院長蕭萬長，則因單小琳係由其政院團隊被借調到馬英九總部輔選，在單小琳三央四求下，雖然無法排出額外時間到「地方」爲馬英九站台，還是出現在黨部舉辦的大型晚會中，拉抬馬英九聲勢。

在本土票源凝聚能力上，沒有人能和李登輝相比擬。單小琳當然也想在這系列晚會當中，請出李登輝的「本尊」，到西區任一場次為馬英九拉抬，安定總部所有人的心。單小琳在這方面的努力從未停過，她原本想在中山區榮星花園的場次，請出李登輝，不過，透過各種管道（包括蘇志誠），都沒有辦法請出李登輝，單小琳只得退而求其次，透過關係協調李登輝的長女李安妮，為馬英九站台。

結果，原已答應站台的李安妮，似乎在思考後或和層峰溝通後，發現自行出面為馬英九站台，恐會引起政治上的揣測，以致竟在晚會上場二個鐘頭前，打電話告知單小琳，因另有要公無法出席當天晚會，請單小琳另覓他人站台。

這樣的變化，讓單小琳深覺高層政治人物的深不可測。但她受限於總部運作模式，場場都得臨時抱佛腳，然後總被佛腳放鴿子。當這樣情況頻生時，著實讓她動了肝火，放話說，「李登輝這麼難請，一個主席，到現在還不乾脆出來堅定表態，支持馬英九。如果李登輝再請不到，我就找宋楚瑜來好了。」

這話一放，當然在總部內不脛而走，而那時宋楚瑜的「特使」陳威仁又經常出入總部，讓總部高層看在眼中，心裡眞不是滋味。於是，才會有十一月底陳健治打電話向筆者求證，宋楚瑜是否會來站台的情事發生。

不過，最終宋楚瑜沒有站上馬英九區政說明會的台子。因為規畫中的西區場次，並不是宋楚瑜的主要舞台，而東區又有胡志強、王清峰、劉兆玄、林澄枝等社會形象足以和馬英九匹配的人物站台，以致宋楚瑜的挺馬舞台，是由田單黨部單獨另闢一場的。

而大老級的政治人物，老找不到也不行。還好，當時正是演藝人員模仿秀初興之時，有熱心模仿秀者主動和總部聯繫，表達想站台的心意，其中，一位來自南投的成功商人陳大松，當時就以模仿林洋港著稱，友情贊助「代表」林洋港爲馬英九站台；另外，以「李祖惜」之名，把李登輝模仿得維妙維肖的候冠群，也友情贊助一場說明會。

在那一場晚會中，陪著馬英九在場外座車等候上場的隨從人員，聽到表演時，竟疑惑地問筆者說，「不會吧，李總統來了啊！」筆者笑說，「可能嗎？是替身啦！候冠群。」馬英九聽了回話說，「聽起來眞會以爲是李總統本人耶！」

國民黨籍政治人物的輔選調度彈性差，除大老級人物外，其實一些名嘴級人物也頗難剃頭。以接任金溥聰爲新聞處長、後又以馬團隊出征名義參選立法委員的吳育昇爲例，當時，他是國民黨中央助講團的成員，但當總部聯繫人員商請他出席助講時，他開價要二萬元出席費。總部聯繫人員向單小琳反應這個情況時，單小琳說，「怎麼辦呢？還是得給啊！去寫申請單，我簽好去領款付給他。」當時，單小琳邊簽申請單邊搖頭，表現出她對這種現象的無奈。

第七章

最後決戰 短兵相接

辯論攻防

「辯論」是馬陣營想塑造馬、扁對決，創造選戰高潮的重要策略主軸。但對扁陣營而言，只要以現任優勢保持穩定選情就能獲勝的情況下，面對辯論的態度，自然是能不辯就不要辯。直到十月份，一句「貪贓枉法」，使選情急轉直下，逼得陳水扁不得不「御駕親征」，站上辯論台與馬英九決鬥。

馬陣營從六月份開始，就一直希望能夠促成馬、扁直接交戰的選戰高峰。但扁陣營的迴避策略，讓馬陣營使不上力。八月份馬總部內部討論後，決定直接向陳水扁陣營下戰帖，要求辯論，得到的仍是扁陣營冷眼相向、低調應付。

直至十月，貪贓枉法論，引爆選戰火藥引信，也鬆動扁政府居高不下的施政滿意度及以此爲基礎所維持的高檔選情。遂於媒體出面力邀下，三方陣營最後在十月十一日敲定五場電視辯論會。第一、五場由馬、扁、王三人同台辯論，第二、三、四場採三人兩兩交叉捉對辯論。

首場辯論訂在十月廿四日，第二、三、四場則分別訂於十一月九、十、十一日三天。第五場則視情況另定（最後在十二月一日舉行）。馬陣營獲得這個結論極為振奮，終於能讓馬英九和陳水扁在十多年後，承繼上回憲政辯論，再度同台較勁。

馬總部認為，辯論是馬英九的「強項」。無論長相、談吐、機巧、國際觀、兩岸事務、法律等方面，許多幕僚都認為，馬英九可透過辯論會，在電視前面「一舉殲滅」陳水扁，使選情展現壓倒性氣勢。

帶著這樣未戰先勝的夢想，總部各組依據分工，開始準備馬英九要上陣打仗的「彈藥」。機動組也就政見、市政方面議題的攻防作準備。除此之外，國民黨部、學界也全部動員起來，為馬英九市長選舉的第一場電視辯論準備著。

當各工作組把相關資料彙整，呈送馬英九後，最後為馬英九綜整辯論資料的，不是總部內任何一位幹部，而是謔稱「專門打馬」的馬嫂周美青。她將各方面彙集而來的資料，全部過濾吸收，再綜整改寫，交給馬英九詳讀後，由中廣董事長簡漢生在中廣禮堂主持預演程序。

首場辯論會預演前，總部要求各組模擬學者、記者、對手（扁、王）提問，成員預擬許多攻防問題交到預演組，作爲預演時詰問答辯之用。在最後一場預演中，筆者和機動組幾位成員到場觀察，發現這場預演眞是細膩之至，除周美青主導馬英九演講、談吐攻防的修正，以及資料內容的引用，幾位學者連馬英九的表情、眼神、動作、口氣、音量，都鉅細靡遺提出看法，要求修正。

馬英九對於這些指導，更是用心作成筆記，並在一次次的預演中，逐一修正。此舉可看出馬英九想透過辯論會擊敗阿扁的期待，不過，在整個演練過程中，看得出辯論小組成員欲加強塑造馬英九是具國際觀的政治人物，以致對於市政議題方面的攻防似顯忽略。於是，最後總評、詢問各工作組意見時，機動組就提醒，在辯論中要提防陳水扁利用市政議題的詭辯，引導馬英九誤入陷阱，而使馬英九主軸失焦。當時，辯論小組僅記下意見，並未做回應。

首場失利　容後再追

期待了整整兩個月（馬英九曾於八月廿六日提出電視辯論主張），國內首次的電視辯論會終於上場，地點在台北市社教館。當時，馬英九達成和陳水扁同台辯論的願望，卻沒達成「一舉擊潰」陳水扁的任務。首場辯論，算是輸給陳水扁，但也因而留下漸入佳境的進步空間，使其在最後一場決勝關鍵的辯論中，展現眞正擊敗阿扁的氣勢。

首場辯論會前，馬陣營花了半個月翔實準備和精密演練，當天，馬英九信心滿滿地上陣，要和陳水扁來一場世紀大辯論。一開場，馬、扁、王三人，各自論述個人參選理念及政見。馬英九四平八穩，如同他平常演講一樣，沒有太多失誤，然而，在隨後的交叉詰問及結辯中，馬英九卻動了氣，以致結辯表現失常。

這場辯論會中，馬英九一直保持其溫文儒雅的風度，反而制約他在辯論當中的攻防表現；王建煊則保持他一貫的風格，話中帶刺左批扁右打馬；而陳水扁則是用他凌厲的機鋒，加上借力使力的策略打法，竟然在吹噓自已的政績時，拿馬英九父親馬鶴凌的談話來激馬英九。

馬英九最在乎的，就是他的家人，尤其是他的父親馬鶴凌。因此，陳水扁技巧地修理馬鶴凌和馬英九，竟讓馬英九臨場動了氣，以致結辯時，忘了要對前面所有辯論程序中，因時間限制無法盡情發表的內容作補充，反倒陳述起他過去的生活經驗，強調他和父親之間的孺慕之情。

更糟的是，臉色沉重的馬英九，解釋他們父子感情也就罷了，緊接著，他竟像著了魔般，開始述說他在美國德州哈佛大學念博士時，有一次碰到大風雪，開車到學校，半路車拋錨，結果連車內也積雪，然後他下車徒手將雪剷出來的往事。數分鐘時間，馬英九把大家帶到一個剷雪場景內，但這和選台北市長何干？坐在台下的筆者和其他幕僚們心裡都隨著馬英九叨叨絮絮講著的剷雪，而跟著結冰。

終於，國內首次電視辯論會結束，各陣營分別在社教館一樓大廳召開記者會。馬陣營的人在一樓碰面時，面面相覷，情緒都還留在那冰天雪地中。回去後，當然還是立刻打聽辯論會後的民調狀況。

整體而言，從流暢度來評估，馬英九可說是三人中最差的。可是軍心士氣不能弱，記者會由單小琳主持，她只得和其他陣營一樣，自吹自擂一番，還給馬英九表現打個八十分。

但全總部的人都在想，下次一定要討回來。否則，以這個印象讓選民去投票，對選情會有負面影響，所幸後面三場是兩兩對決，壓力沒那麼大，新聞組長廖鯉就說，「一對一辯，焦點集中，一場一場，重新布陣討回來，後續看選情狀況，再安排最後一場，一次討回來。」

隨後三場電視辯論，分別是馬、王，馬、扁，扁、王。由於十一月還有其他選戰議題在進行，故這階段的辯論會就沒有像第一場那樣受重視。但馬總部還是很在乎，堅持要「哪裡跌倒，哪裡站起來」。所以，一直試圖安排最後一場馬、扁、王三人同台的辯論會。扁陣營基於選戰進程的考量，並沒有爽快答應安排最後一場，甚至打算取消。直到十一月底，選情已漸明朗，這下扁陣營反倒試圖想在辯論會中「翻本」。於是，三黨再協商，敲定十二月一日，舉辦最後一場決勝性的辯論會。

自首場後，又經過一個多月的選舉活動，馬、扁、王三人的選情概況，在結構上，已經出現和第一場辯論時完全不同的情勢。扁陣營從十月開始，被貪贓枉法論一陣狂轟濫炸，氣勢已呈消退；王陣營則因馬英九的「磁吸效應」，局勢已不可爲；馬陣營則在十一月廿九日剛完成一場十萬人大遊行造勢活動，且已得知十二月一日當天晚上，李登輝要爲馬英九站台，其氣勢可說是無可匹敵。

馬英九已檢討首場辯論缺失，加上客觀形勢大好，馬英九終於放開襟懷，去除因得失心太重而被制約在僵硬包裝中的心防，放鬆作回原來的自己，而在最後一場辯論會中先馳得點。

決勝關鍵的辯論會當中，陳水扁採取悲情牌，強調夫人吳淑珍當年如何被撞，他的家境如何窮困，他的母親如何辛苦把他養大；還說選舉中如何被馬、王二人欺負，顯然又在操作階級壓迫的悲情。但這次，他忽略了一點，在操作這些策略的同時，電視機前的觀眾都想到，「阿扁，你是現任市長耶！有那麼可憐嗎？」

而王建煊明顯地，已對自己的選情有了明確認知。於是，很技巧地成爲馬英九的作手，用他一貫的「王式幽默」批評陳水扁，連紅磚道都做不好，讓人民一出門，就要踩著破磚，「撲嗤」被積水濺了一身。就在王建煊這樣的「撲嗤、撲嗤」聲中，把陳水扁「撲嗤」得臉一陣青一陣白。

馬英九則神色自若地，用最原本的自己，有攻有守。對於陳水扁的悲情牌，他也很適時地提醒選民，陳水扁當市長時的鴨霸行爲，並伺機以馬式幽默回應陳水扁尖銳的攻擊。

在公視攝影棚裡的這場辯論會結束後，民調結果顯示，馬英九的選情已是大勢底定。單小琳這廂是眉飛色舞地召開記者會，另一旁的扁陣營，則是陳水扁自己召開記者會，連站在一旁的筆者，都確實感受到其氣氛低迷。

若以氣色來評斷個人運勢，第一場馬、扁兩人狀況相仿，但最後一場時，老遠就可看出馬英九容光煥發，陳水扁則顯得晦暗。果然，最後的結果也眞如面容上所反應的那般。

市府傾巢 全力護盤

當陳水扁陣營單靠羅文嘉爲首的福爾摩沙基金會，無法隻手抵抗由國民黨、中央政府、反扁勢力合作輔選的馬英九時，陳水扁只好撇開「行政中立」的枷鎖，讓市府官員上陣應戰。

自從八月份，馬英九陸續推出市政白皮書，一波波的政見攻勢出爐，尤其是從機動組撰寫的第一本交通政策白皮書始，就訂定以小方塊打扁、批評施政之格式，挑動扁政府回應。剛開始，扁政府對於這些手法，皆採不回應策略因應。

後來，馬陣營扣應辯論部隊成軍，紛紛由議員、名嘴以馬英九的政見爲主軸，在各個扣應節目中打扁。扁陣營發現，不正面接戰不行，也顧不了行政中立的約束，便准許市府官員上扣應節目爲市府辯護，如副市長林嘉誠、國宅處長郭瑤琪、交通局長賀陳旦等人，都成爲經常上扣應節目的常客。

十月份，扁政府的「老同事」單小琳加入馬陣營，又以嚴厲的「貪贓枉法」論，指控市府。另一方面，馬英九也放話當選後留任賀陳旦等策反動作，讓扁政府不得不重整市府輔選陣容。在單小琳拋出貪贓枉法論之後，扁政府馬上宣布，任命賀陳旦爲市府發言人，專門回應馬陣營對於市府的批評。

在市府任命賀陳旦爲發言人之前，筆者即與賀陳旦及前捷運局第一處長孫可立約好，三人要一如以往，品酒吃美食。筆者本想透過此機會，試探其策反的意願，但三人約好那天，恰巧市府派任賀陳旦爲發言人，使得賀陳旦與筆者之間的關係和立場，頓時由好友變成對手。因此，美食宴遂改爲在捷運局十樓一處辦公室的「便當」宴。三人碰頭時，氣氛詭異，隨便聊兩句後，簡單用過餐，賀陳旦就以上任頭天電視扣應節目通告不斷，必須上民視的節目爲由，而在四十分鐘後，匆匆結束這個晚餐的約會。

派任賀陳旦後，陳水扁要打交通政績牌。十一月，由時任捷運公司董事長的游錫堃領銜，與交通局長賀陳旦、捷運局長林陵三、捷運公司總經理陳椿亮，組成交通四大天王，開出捷運募款造勢列車，分別在木柵動物園外停車場及中山足球場，各辦一場超大型餐會，由四大天王爲陳水扁站台，見證陳水扁四年來的政績。

此外，當國內首次電視辯論會舉辦時，市府相關局處首長，也都受邀成爲陳水扁的「啦啦隊」，到現場觀看辯論會。當時筆者被安排在市府官員居多的區位，在社教館東側的座位中，筆者落座四顧一望，前方坐著副市長陳師孟、林嘉誠，交通局長賀陳旦等人，後排則坐著捷運局副局長江耀宗夫婦、國宅處長郭瑤琪等人。他們全是筆者擔任記者時的採訪對象及好友，但因那時彼此對立的立場，筆者只能尷尬地和他們點頭致意。

投票前二天，許多市府官員被分派「責任」，背著綠色綵帶，在台北市各個重要街口，爲陳水扁向選民拜票。當天，捷運公司總經理陳椿亮，稍早還在捷運公司開主管會議，會中他還三令五申地要求主管們，要保持「行政中立」，隨後，他說有事要先離去，所以會議不到十一點就散會；半個小時以後，陳椿亮卻背著綠色綵帶，出現在馬英九競選總部旁，信義路、新生南路口何嘉仁書店門口拜票。

陳椿亮站街拜票沒多久，消息就傳到機動組。總部人員知道筆者主跑捷運新聞多年，應和陳椿亮熟識，遂請筆者出面去溝通。筆者亦認爲，這種「踢館」的行爲確實不當，聞訊後立刻趕到現場，對陳椿亮說，「總經理，這樣不太好吧！你是不是應該換個地方？」陳椿亮則表情尷尬地，沒有回應。在旁的祁止戈見狀，拿起擴音器帶著支持者高喊，「陳總經理，你該回去上班，不該在這裡。」群眾也在旁邊鼓噪著，陳椿亮才悻悻然地，走過信義路，到別處繼續拜票去。

基層冷暖　優劣立判

選情冷熱，一般都從民調數字判斷。然而，在台北市，由於台灣社會開放，選舉日多，各式各樣的民調、市調到處都是，受訪者開始出現欺騙性答題的現象。因此，民調上看不出端倪時，最好的選情判斷方式，就是到基層走走。畢竟春江水暖鴨先知，從民眾反應即可得出答案。

馬、扁在一九九八年的世紀末大對決中，雙方選情其實是有所消長的。從馬英九宣布參選，成爲市長參選人之後，民調數字上，可看出馬英九和陳水扁之間，根本就是拉鋸戰，雙方支持度差距從未超過百分之三。也就是說，將民調誤差值算進去，兩人支持度是平分秋色，難分勝負。

數字上顯示雙方平手，但實際與選民接觸，卻不見得是如此。馬英九參選所獲得的支持，應分爲兩個階段。第一個階段，是六月到十月之間，馬英九處於挑戰劣勢，這點從數個方向就能夠測得水溫。首先是學界，馬英九初期要撰寫白皮書時，亟需學者出面相挺或協助，但交通學界方面，除曹壽民、黃台生、陳敦基等少數學者願意挺身外，大部分的學者都迫於陳水扁現任優勢，不便出面相挺。

再則走到民間，里長表態度更是低。雖然馬英九很有誠意地到處拜訪，但也都僅止於禮貌性接觸。在此期間，要他們站出來力挺，的確有困難，畢竟里長辦公費及各項福利給予，都操之在陳水扁手上。另外在教育界，台北市轄高、國中、小學校長，在單小琳投入馬陣營之前，絕大部分的校長，連私下表態支持馬英九都不敢。走到早覺會、市集、聚落、公園，馬英九總是由幾位隨行陪著，和民眾打招呼，但除了眷村附近的民眾，大部分人給予馬英九的回應，總顯得很冷漠。

在這個階段，各界是以冷眼旁觀的態度，看待馬、扁對決。基於各種因素考量，馬英九面臨的是近乎「狗不理」的窘態；而陳水扁更是採取不理睬的迴避策略，以壓低選情熱度，壓低馬英九的勢頭。在這屬於籌備期、熱身期、苦戰期的四個月內，馬英九親身感受到這種溫度，才會在這段期間，找各樣的人，尋各樣的策，以求選局得獲突破。

第二個階段，是十月到十二月四日選舉日爲止。由於法定選舉日程開跑、單小琳效應及國民黨黨政資源啓動等各種因素，馬英九的選情，從低點開始有了爬升的跡象。

教育界借校園給馬陣營，以表支持之心；學界成立後援會，表態相挺之意；醫界也成立後援會；媒體界更可看到《聯合報》發行人王效蘭，陪著馬英九到西門町掃街拜票；計程車成千上百台地聚集馬總部造勢。

此外，馬英九進入市場和夜市時，不再像初期一、二個鐘頭就出得來，往往時間都要加倍延長，民眾爭相與其握手、簽名、拍照，一個接著一個，如追星般的瘋狂氣氛，圍繞著馬英九。

記得有一次，《聯合報》記者楊金嚴問筆者，「阿不拉，民調裡的隱性選民，你看會倒向哪裡？一般來看，都是投給民進黨比較多吧？」筆者反駁說，「錯！隱性選民是投給在野的，只是過去都是民進黨在野，所以大家以爲隱性選民都投給民進黨。」筆者又說，「這個現象，你只要跟著到市場去拜票，就知道了。」楊金嚴說，「怎麼看？」筆者答說，「從插旗子來看就好，同一個攤位，如果不管陳水扁或馬英九來，都插陳水扁或馬英九旗子的，當然就是表態的基本支持者；而如果是陳水扁來，就插陳水扁旗子，馬英九來又插馬英九的那種，大概就是所謂的隱性選民。他們對於當權者，不敢明著表態反對，但又想表達自己內心眞正看法，就會這樣處理。」楊金嚴笑笑說，「雖然沒有理論根據，但你的看法很符合人性，看來，你對馬英九的選情很看好喔！」

那時，離投票日還有五天，筆者笑著，點點頭說，「這段日子，陪馬英九一路走來，我們最清楚這其中冷暖，以現在這種熱度，不用看民調，光憑感覺也大概可以知道，穩上了！」

第八章

擊敗阿扁之後

馬英九第一個小內閣成形

一九九八年十二月四日晚上七點半，開票結果確定馬英九當選。在競選總部前的慶賀、狂歡之後，馬英九隨即到位於總部地下室的辦公室，向「競選團隊」各工作組一一致謝；也接著，爲他四年執政生涯組織「執政團隊」。

選後第一天，馬英九指示總部部分單位開出市府小內閣建議名單，機動組當然也不例外。幾天後，馬英九收到由總部、黨部、中央等各方建議及推薦名單，彙整後，開始進行一波波約談及敲定人選的行動。

在馬英九多次的人事布局討論會中，筆者和祁止戈被要求出席其中一場，討論第一波最重要的幾個局處首長人選。在「四〇一高地」的小會議室中，與會的有被確定留任的副市長白秀雄與單小琳、廖正井、金溥聰、廖鯉等人。

一開始，先討論機動組開出的人選名單，首先，交通局長人選方面，建議留任賀陳旦，雖然馬英九也有意如此，不過金溥聰表示，他已先和賀陳旦溝通過，賀陳旦不接受留任。

於是，當場採開放式提出人選，其中不乏多位交通學者。但這些人選不是因選舉期間表態問題，就是明顯知道不可行而被否決。當時筆者突發奇想，要讓馬英九團隊具特殊性，何不從中央找人「下凡」來。於是建議馬英九「交通部次長毛治國可不可能？」馬英九立刻瞪大眼睛說，「我們在德州念書時很熟，我來試看看。」說完，他立刻打電話到毛治國家中，結果毛治國還未到家，由毛太太接電話，馬英九便將來意對其述說，請毛治國回電給他。

兩個鐘頭後，毛治國果眞回電。馬英九在電話中誠懇地邀請毛治國降格以求，進入市府團隊。毛並沒有立刻回絕馬英九的邀約，馬英九對其說，「老毛啊！我眞的很希望你來，讓你考慮三天，好嗎？我等你消息。」三天後，毛治國當然沒有答應。

有天下午，馬英九打電話給筆者，「鴻程，交通局長只能找曹壽民教授幫忙了。」馬英九並交代筆者與當時人在汕頭出差的台大曹壽民教授聯繫，尋求擔任交通局長一職的意願。不過，到了晚上，筆者又接到金溥聰電話，要筆者不用介入此事，他會搞定。其語言與動機，迄今仍令筆者百思不得其解。

回到討論會上，交通局長人選先擱置，等候毛治國的消息，接下來討論捷運局長人事案。單小琳主張撤換林陵三，但筆者提出不同看法，筆者認爲，林陵三在捷運局長任內，最大功用就是趕工，雖然，他是爲阿扁在趕工，但趕工的績效是不可抹滅的。況且，由林陵三主導的許多趕工計畫，因涉及經費動支決策，若換上來的人不願扛這種責任，以致工程進度不進反退，會有負面影響，因此筆者主張，留任林陵三爲後續幾條捷運路線趕工。

在場因沒人比筆者更瞭解捷運工程的人事生態，所以，大家對於筆者的建言也無所反駁。討論當中，筆者開玩笑地跟馬英九說，「不留林陵三，那馬先生就把前局長賴世聲找回來啊！」馬英九又像先前聽到毛治國的名字一樣，亮大雙眼說，「賴世聲我也很熟，也是一起在德州念書時熟識的，不過，可能嗎？」筆者笑說，「當然不可能。」現場一陣笑聲，馬英九便裁示留任林陵三。

再談到捷運公司人事案，原董事長游錫堃肯定和陳水扁同進退，故馬英九接受機動組建議，找公車業界年年評鑑第一的首都客運董事長李博文接任。至於勸進人，則因李博文的父親李炳盛與吳伯雄交好，故由廖鯉轉達吳伯雄，替馬英九勸說這項人事案。

總經理一職，原先規畫不調動曾到總部踢館的陳椿亮，但因自來水處長林文淵勸留不成，而想調任陳椿亮接任，遺缺則由副總經理蔡輝昇陞任。不過，陳椿亮未接受這項人事安排，還透過捷運公司工會，偕同甫當選立委的台北市議員李慶安向馬英九簡報，表達留任捷運公司的意願。馬英九遂同意這項「請願案」，而自來水處長職就由蔡輝昇接任。

工務系統部分，機動組建議用李鴻基。這項人事案，在會中未受到任何阻礙，一致通過。發展局長部分，則採兩案，先溝通賀陳旦是否願意留任，若仍拒絕，就由省府新聞處長陳威仁接任。後來，賀陳旦選擇和阿扁同進退，發展局長由陳威仁接任。

至於市府第一局——民政局長之職，祁止戈以擴大市府用人多元性及含納社運人士考量，推薦林正修。這項提案，的確讓人耳目一新。不過，在場成員倒是從年齡問題作文章，最後以「陳水扁重用羅、馬都可以，我們爲什麼不試試」爲結論，馬英九便決定約談林正修。隨後，馬英九還一再對祁止戈說，「你放心，阿修我一定會用。」

人事會議後，當大家要離開時，看到國宅處長郭瑤琪正和馬英九面談，郭瑤琪果真也被留任。自那場會議後，馬英九人事布局概況，大致都見諸報端，其中較特殊的是，從社運界找來鄭村棋擔任勞工局長；另外，也從國策班名單尋才，因而找來一部分中央官員轉任的人士。

其中，名號最響亮的，就屬衛生局長葉金川，擔任過健保局總經理；此外，還有從工程會轉任副市長的歐晉德（於焉號稱工程界四公子，毛治國、賴世聲、歐晉德、李建中，馬英九找了三個，最後歐晉德進了市府），及秘書長陳裕彰（從行政院「下放」而來）。

馬英九「競選團隊不等於執政團隊」的說法，已說明競選團隊只管打天下，不管治天下。但活動組長吳秀光第一波進入市府，擔任研考會主委；而在人事會議上口口聲聲說，「我是不進市府的人，你們要進市府，所以不方便去談的人，我都可以去談」的金溥聰，雖第一波沒進市府，但對馬英九初期施政，「私下」可沒少過點子。後來也依然坐上新聞處長的位子，進入市府，加入執政團隊。

而那個外界公認馬英九當選的「頭號功臣」單小琳，到哪兒去了？那個馬英九都快跪下，求她進總部，還對其說「求婚都沒這樣」的副總幹事單小琳，如何安排？答案當然是，「沒有被安排進市府」。

馬英九信誓旦旦地表明，一定在當選後有所安排的承諾，會在當選後「跳票」，讓人心疑馬英九對單小琳過河拆橋的理由是什麼？傳言甚多。有人傳是單小琳和宋楚瑜太近，對未來輔選連戰不利；有的傳是單小琳太強勢，馬英九控制不住。各種各樣的傳言，有有利於單小琳的，也有詆毀單小琳的。

但最終，檯面上馬英九給的理由是，民進黨議員周柏雅放話，只要單小琳進市府，他一定跟馬英九「沒完沒了」。所以，爲了府會和諧和「保護」單小琳，「暫時」沒有安排她進市府服務。

這個理由，乍聽很冠冕堂皇。而在馬英九甫當選的當口，無論是支持者還是陣營內的人，都還沉浸在勝利歡欣氛圍中。馬英九的光環，遮蓋了所有人，誰也沒去認眞探究他的理由是否合理。但現在，事隔六年（二○○四），在馬英九第二任期過半之時，他執意任用金溥聰回鍋擔任副市長，外界質疑與撻伐之聲不斷，議會也依然有人放話表示反對。

難道，一向強調一路走來、始終如一的馬英九，在這時，就不必再考慮府會和諧？也不懂得要「保護」金溥聰了？

扁將難為馬用　重回扁營

經歷艱辛選戰過程後，接下來馬英九面臨市府人事安排問題。這時的馬英九希望先留用在陳水扁執政四年期間被收編的多位原來身處泛藍陣營的政務官，因為在泛藍人士眼中，這些身在曹營的漢臣，值馬英九取回政權之時，理當「歸心似箭」地要回到泛藍陣營當中。又馬英九也認為這些人在市府多年，對市政工作皆已上手，若能夠留任，一方面在業務執行上不會有銜接問題，另一方面在政治上，也具有塑造馬英九有容乃大、寬厚為本政治家形象的功能。

因此，馬英九的市府人事首波，除了從外界找來幾位指標性的人物，如歐晉德、李博文、鄭村棋、林正修等人，他更想留任幾位阿扁執政時代素有口碑的首長，繼續為馬市府打拚。

然而，馬英九希望能夠收留曾被扁重用過的前朝能臣的「嘗試」，到了二千年總統大選阿扁取勝、馬英九台北市長任期未及一半之時，就已全部破功，包括賀陳旦、郭瑤琪、林陵三等多人，最後都相繼選擇追隨「老帥」陳水扁。現在這些人的際遇，以目前來看也的確是「跟著阿扁勝過跟馬英九」。

首先是從選舉期間就被點名留任的前交通局長賀陳旦，馬英九分別開出交通局、發展局兩個局處讓他挑，但他都沒有動心，直到一九九九年初，捷運公司董事會改組，董事長李博文建議聘請賀陳旦擔任董事，賀陳旦因此並非接近馬團隊核心之職，又因他個人已推辭過兩次，再推似乎不盡人情，遂接下此三個月只開一次會議、一個月領兩萬元車馬費的專職董事職務。

過了一年多，當公元二千年五月廿日，陳水扁榮登總統大位，內閣改組，交通部空出個次長缺，賀陳旦立即被陳水扁延聘入閣後，隨即辭去捷運公司專職董事之職。後來賀陳旦雖因部分政務理念之故辭去次長職，但不多時又被扁政府任聘爲中華電信董事長。

另一個抵死不從、絕不入馬市府的人，是前自來水事業處處長林文淵。馬英九當選之初，即屬意這個操持扁團隊選舉財務大任的林文淵留任，繼續擔綱水處處長，但林文淵拒絕馬英九的邀請，投入陳水扁競選總統陣營。十五個月後，陳水扁果然當選總統，林文淵自然一組閣就入閣接任國營會副主委，再來任職台電董事長，最終甚至到世界鋼鐵翹楚的中鋼擔任董事長。

而在馬扁對決的選舉過程中，檯面上與馬陣營對峙辯論的要角——前國宅處長郭瑤琪，當時也是馬英九第一波留任人事中的一個。個性率直的她，雖接受留任，卻也在她和馬英九合作的這幾個月當中，深刻感受到馬、扁兩位長官完全迥異的領導風格，尤其是面對議會之時，衝擊更爲強烈。當時郭瑤琪雖同任國宅處長職務，但能夠伸展的抱負卻很有限，於是在馬英九任期未達一半時即早早掛冠求去。直到陳水扁入主總統府，郭瑤琪順理成章成爲總統府發言人室主任，後來接任公共工程委員會主委，主導九二一震災重建工作。

跟郭瑤琪一起被留任的還有前捷運局長、現任交通部長林陵三。當時他是經過人事會議討論後才確定留任，主因就是爲了能讓他發揮趕工精神，用一年左右的時間讓新店線通車。當時的副市長歐晉德是林陵三在國道高速工程局時期的長官，林陵三當初會到台北市擔任捷運局長，也與他和歐晉德的互動有關，因此，林陵三繼續待在馬市府裡，心深處實有難言之苦。

後來，林陵三因顏面三叉神經病毒感染之故，住院是時正值趕南港線通車，他便順勢主動請辭局長之職，適巧當時市府工程副秘書長謝維采退休，林陵三補其缺，直到陳水扁當上總統時，公共工程委員會副主委出缺，林陵三畢竟官場資歷豐富，以屆資退休爲名離開市府，未與馬市府有所齟齬地上任工程副主委，當時他也沒料到離開馬市府後反而官運亨通，還當上交通部長。

與林陵三的人事案息息相關的就是前捷運局長江耀宗。他是陳水扁時代木柵線體檢委員會成員，他到捷運局任職完全是陳水扁成就出來的，因此，陳水扁對江耀宗而言，與前述幾位皆同，都存有提攜之情，其中尤以他爲甚。因此，林陵三接任市府副秘書長後，捷運局長遺缺建議由時任副局長的江耀宗接任時，部分詳知內情者曾向馬英九建言應愼重考慮，但馬英九並未接納，仍內陞江耀宗爲局長。

馬英九的這項人事任命案，在五個多月後的扁政府組閣時，產生立即效應。同樣是工程會副主委的缺，扁政府一招手，江耀宗毫不考慮地選擇回到扁營，立即將辭呈遞到馬英九處。馬英九自然不願批准執意慰留，最後江耀宗不顧情面地請假，表明決意辭職之心。騎虎難下的馬英九，面對媒體追問時，只能用「歷史」會證明一切搪塞。到目前爲止，「歷史」告訴大家的是，江耀宗成爲中華航空公司董事長。

除了以上提及的文官外，幾位「武將」——高階警官的去留，也著實爲馬市府團隊帶來些許衝擊，首推當然是前台北市警察局長王進旺。王進旺在選舉期間雖然表面上力顯中立，但心態上還是向扁傾斜，馬英九剛上任時，各界預測王進旺將被撤換，但最後卻被留任，一直到阿扁上任當總統，適巧前警政署長丁原進因案下台，扁立刻向王進旺招手，王進旺當然毫不考慮赴任署長職，現爲國安局副局長。

其次是前台北市交通大隊大隊長何國榮，他是早就被貼上標籤的挺扁大將，但甫當選的馬英九，還是看重他對交通專業的長才，熱情留下何國榮擔任交通大隊大隊長，但後來不知是何國榮自己的心態問題，抑或馬英九的風格使然，何國榮就是無法再像陳水扁時代，可隨時進出市長室，暢所欲言他的交通改善理念，讓留任的何國榮心中總覺得不是滋味。而後二〇〇〇年初，其所屬中山分隊分隊長酒醉駕車肇事，何國榮也因此連坐受罰而下台。當時心有不甘的何國榮，在最後一次交通會報中，在自己的便條上寫著「我將再起」，含怨離開市府。「再起」的人變成阿扁，連帶何國榮「眞的再起」，不但立刻進入警政署，還當上三線二的交通組組長。

最後是吳振吉的傳奇「發跡」歷程。吳振吉原本是二線四的交通大隊副大隊長，在陳水扁的提攜之下，先到內湖分局擔任分局長，又到甲級的萬華分局擔任分局長。不料，馬英九當選後，他隨即被降調到乙級的北投分局任分局長，二千年總統大選之時，他爲報阿扁知遇之恩，洩馬英九無故降調之怨，索性不顧行政中立原則，大開分局之門，列隊歡迎「老市長」陳水扁來拜票，引起社會譁然，遭到處分。

但吳振吉這把還是壓對寶，不出幾個月，陳水扁入主玉山官邸，吳振吉立刻成爲玉山警衛室主任，之後外調到基隆市擔任市警局長、航空警察局長，現在是入出境管理局局長，上探的下一步就是警政署長職位。

回首來看，上述幾位人士，當年可說是馬、扁對決戰役之中，個個立場鮮明的戰將，雖曾爲阿扁兩肋插刀地輔選，選後馬英九不計前嫌，擺出高規格的民主風範、用人惟才的原則刻意留任、延攬，讓他們繼續爲市民服務，但當阿扁掌大權之時，這些人卻都「前仆後繼」投進扁陣營。以庸俗眼光看待這種「人往高處爬」的現象，係屬人之常情。

只是就實質內涵論之，當然並非如此純粹，馬英九可能到現在都還無法「理解」，他也沒虧待過這些人，爲何他們如此回饋？箇中道理很簡單，阿扁提攜這些人時，個個不是越級破格提拔，就是正當人生低潮、受阿扁臨門一腳才得以飛上枝頭，這樣的「拔擢」相對於一向強調「論資排輩」，才能逐級而上的國民黨官僚系統，其意義是有天差地別的。再則，對於這些首長來說，市長的「guts」是讓他們決定是否賣命的指標，此點從馬、扁兩人對市議會的態度之差異，這些首長級的人對馬、扁二人的評價，自是不言可喻。

〈結語〉

馬後砲

阿扁，在一九九四到二〇〇四年之間，歷經政治上最重大的四場戰役。其中，他贏了不被看好的三場，卻輸了最被看好的一場。就像俗語所說「該輸的贏了，該贏的卻輸了」。

筆者恭逢其盛，參與阿扁「該贏卻輸」的那一場戰役，有幸進入擊敗阿扁這方的馬英九陣營內，見證、參與這場戰役的箇中奧妙，可謂人生難得的經歷。

阿扁如何會輸？其內涵是，以馬英九爲介面、平台，有效整合國民黨龐大資源及社會上的反扁力量，透過選舉過程，打敗氣勢日漲、選戰所向披靡的阿扁。

說穿了，便不值一文錢。但好歹這場仗，國民黨花了數個億。過程中，自然有許多「值錢」故事，供大眾一同玩味，自此，筆者以一個參與者和觀察者的身分，翔實將那一役的所見所聞，記下撰出。

筆者此書，無意批評、評論和評價任何人、事、物，更不願藉此預測書中人物未來在政治上的前景，只求忠實呈現那年一些爲人知與不爲人知的故事，重返此戰役，去回味、咀嚼、檢視所走的每一步，所作的每一個決定，是否與今日際遇相干。

馬英九和阿扁，現今分居藍、綠兩陣營最高人氣與重要權位的政治人物。兩人在相同的人生起點上（同年生），各自經過半個世紀的政治長跑，互有盛衰，此衰彼長、此盛彼衰，甚或彼此皆盛、彼此皆衰。

未來，兩人競爭盛衰將如何消長？筆者非半仙，不可爲看倌測知。不過，看倌們或可細讀此書，從中窺知一二。

〈附錄〉

馬英九擊敗阿扁大事紀

一九九八年

六月

一日 興隆公園晨跑

董氏基金會「拒菸小尖兵培訓」

二日 林瑞圖考慮退黨爲馬輔選

馬英九因誠信問題遭各界挑戰

三日 至北市議會拜會國民黨籍議員（強調非打扁，要打市民牌）

四日 與吳大猷晤談（談誠信）

與歐洲駐華代表、法國在台協會代表餐敘

五日 參加國民黨北市里長候選人造勢活動

六日　參加北一女畢業典禮（馬、扁相逢）
七日　與孫運璿、劉其偉共同出席保育活動
九日　接受電台訪問
十日　國民黨中常會確定提名馬英九參選（會後召開記者會）
十一日　馬英九體檢
十二日　出席大同區舉辦之「台北樂來樂溫馨」活動
十三日　基層投票
十四日　小馬哥之友會成立
參加路跑
中興法商畢業典禮
愛心會親子活動
道教褒忠義民慈善會
交大設計學院開幕典禮
國際獅子會支會理事交接
十六日　與詹春柏至國民黨國大工作會與黨籍國代座談交換選舉經驗
章孝嚴、詹春柏分別致電轉告原訂（十七日）與李登輝會面行程取消一事
十七日　與吳敦義通上自吳宣布參選後的第一通電話

北加州馬英九後援會在舊金山灣區成立

出席吳伯雄成立之伯仲文教基金會

十八日 二度前往北市議會訪國民黨團

二十日 參加台大法律系畢業典禮（二度與扁相逢）

與連戰到台東太麻里大溪國小捐贈電腦

以導師身分出席政大畢業典禮

二十一日 參加再興中小學畢業典禮（與宋楚瑜比鄰而坐）

參加視障路跑活動

二十二日 馬英九主動拜會賴國洲

基層拜票系列活動展開（青年公園及附近大型國宅社區）

二十三日 以家長身分參加「一九九八世界未來領袖高峰會」

二十四日 李登輝接見馬英九、吳敦義

二十五日 馬英九「走透透」行程（四獸山）

來來飯店出席國民黨婦女會舉辦的「兩性平權跨世紀座談會」

至行政院訪黃大洲

二十六日 參加位於大理街「反對西園醫院興建大型療養院社區發展說明會」，會中簽署一張「八億五千萬元」大支票，允諾將徵收台糖公司三千多坪土地爲多目標公園用地

二十七日　搭捷運淡水線前往酒泉街
　　　　　圓山後山及士林小北街市場與民眾接觸
二十八日　參加公益活動接受健康指數測試

七月

一日　出席留美同學會暨美僑商會
四日　出席幫助性侵害連署活動（扁、馬、王建煊均到場）
五日　二度拜會連戰
　　　出席青發會舉辦的青年國是會議
七日　前往國民黨中央黨部拜會章孝嚴
　　　赴考試院向許水德請益
八日　走訪台北果菜批發公司與蔬菜零批、零售商接觸
　　　拜會國民黨副主席邱創煥
十二日　馬英九慶祝四十八歲生日（太太、女兒參加）
十四日　至木柵政大後山登山
十六日　訪道生幼稚園（預防腸病毒）
十八日　專題演講「菁英贏向未來、與成功有約」
　　　　出席陽光基金會家屬座談會

十九日　參加裕隆公司主辦「第七屆環保季爲台灣生態而走」活動（扁、馬、王同台）
　　　　與新世代青少年「三對三籃球鬥牛」
二十日　發表MQ宣言（扁、馬、王）
二十二日　至市場保證改善舊市場漏水問題
二十五日　參加中廣七十周年台慶
二十六日　《中國時報》民調出爐（扁超越馬）
　　　　參加包括介壽國中松青盃鬥牛賽等兩場友誼球賽
二十八日　召開「有青才敢大聲」記者會與青年座談
二十九日　搭公車展開「行動白皮書」之旅
三十日　馬英九競選後援會成立
　　　　訪計程車司機休息站（復興南路、台大醫院、松山機場、中山足球場）
　　　　現代婦女基金會活動

八月

一日　在高雄市發表專題演講
二日　參加一九九八「青春開路」直排輪環台接力與接龍活動
三日　參加第一屆大理街社區青少年種子營（陪社區少年走訪古蹟）
　　　　與市議員、交通專家搭乘公車會勘市內公車專用道

四日　《聯合報》民調出爐（扁馬均三成七左右不相上下）
　　　至松山區拜訪三十二位里長
五日　拜訪北投區里長
六日　參觀龍華三村立體停車場（陳學聖陪同）
　　　北市體育會第十屆理事長交接典禮致詞
　　　遊西門町
九日　赴重慶北路三段參加由大龍市場、文昌里、至聖里等辦公處在市場地下室合辦「歌聲飄植鄉里情」卡拉OK歌唱大賽
　　　參加「台北市是鳥愛的家」（捐一萬元）
十日　拜訪大安區里長
　　　公布大安區市政建設體檢表
十一日　美國亞洲事務專家葛來儀拜訪馬英九（談柯江會談後台灣反應）
　　　《聯合報》民調（扁支持度追平馬英九兩人各三成七）
十二日　出席國民黨市議員提名人介紹會（馬痛批陳水扁施政）
十三日　至新光三越南西店參加漫畫卡通遊戲嘉年華會活動
十五日　參加「警眷聯誼座談會」
　　　新環境基金會發起之環保公約簽名行動

十六日　前往中正紀念堂參加「保德信與你——愛心嘉年華會」（馬、王同台）

參加敬山、淨山環保健行活動

十七日　拜訪南港區里民

十八日　與陳永德會勘敦化南路人行道（與羅文嘉短兵相接）

十九日　拜會劉泰英

為陳政忠將社子舊宅捐出成立「社區圖書中心」揭幕並捐書

二十日　拜訪中山區里居民

二十二日　李登輝在第十五屆中全會「旗開得勝」儀式中將黨旗授予馬英九

參加北市機車商業同業公會會員大會

參加「新心靈成人禮」活動

二十三日　至大同孔廟、大龍街早市、大龍市場及大同分局等地拜訪居民

二十四日　召開交通行動白皮書記者會

黃俊雄為馬英九站台

二十五日　南下高雄與吳敦義聯合造勢

二十六日　至青年公園、植物園拜訪民眾

拜會中正區多名里長

參加在寶藏巖舉行之中正區現況發展說明會

二十八日　競選總部主任委員陳健治第一天正式上班
　　　　　至基隆河大佳河濱公園參加「愛要有你才完美」夜光晚會
二十九日　至基隆河國宅參加居民普渡拜拜、了解國宅安全問題
三十日　赴北市黨部參加輔選幹部工作研討會並與連戰合影
三十一日　參加北市中原客家崇正會在華中河濱公園舉行之「褒忠義民爺祭典法會」（馬、扁到場）
　　　　　小馬哥𩧢軍團成軍
　　　　　至大湖公園放生大批本土原生魚種魚苗（引發保育爭議）
　　　　　北市福建省同鄉會成立後援會
　　　　　參觀故宮文物展

九月

一日　陳健治重砲抨擊市府施政
二日　拜訪前市長張豐緒
三日　聯合民調「客籍支持率」（馬35%、扁34%）
　　　新聞界婦女支援馬英九後援會成立（引發新聞中立爭議）
四日　民進黨籍市議員參選人至馬英九競選總部抗議張豐緒對公娼問題發言不當
五日　至萬華龍山寺參加中元法會（談禁娼一事）
　　　參加家扶中心舉行之大專清寒獎助學金頒獎典禮

六日 舉行「網路狂飆記者會」宣布小馬哥全球資訊網成立
拜訪萬華區民眾及里長
參加「中正區婦女嘉年華會——馬是爲著您」活動
八日 授旗士林區婦女社團幹部聯誼會提出保障婦女安全政策
九日 菩提圖書館發表警政議題治安行動白皮書
李登輝在中常會前接見馬英九
十日 前往大同區龍塘社區參觀老舊社區自治體系
十一日 馬英九旅北漁業界後援會成立
十二日 公布治安白皮書
原住民後援會成立
十三日 「台北鬥陣行」區里拜訪行動展開
參加親子聯誼活動（批市民主義已成爲市長主義）
十四日 馬英九醫事人員後援會成立
十五日 獅子會後援會成立
前往北投振興醫院探望病患
召開記者會批扁進用殘障者績效最差
十六日 財團法人功文文教基金會召開記者會批托育政策半數跳票

十七日　發表兒童福利白皮書
與議會黨團共商年底選舉造勢大計決採相互拉抬、資源共享策略
退伍軍人與交通事業婦女後援會成立
提出青少年福利政策
拜訪社子、士林地區居民
工商座談會
十八日　拜訪有台灣第一苦旦之稱的歌仔戲名家廖瓊枝
十九日　交通人員後援會成立
二十日　公布競選標誌主軸、捐款帳號、電視競選錄影帶
二十一日　公布兩個捐款帳號（與扁陣營互批競選經費高）
二十二日　公布台語電視廣告錄影帶
二十三日　李登輝在與黨籍各提名候選人座談時，爲馬英九打氣
體育界後援會成立
參觀迪化街百年老店——李香亭餅店
二十四日　民視專訪
至士林區福華里辦公處發表「社會福利篇」白皮書記者會
接受中國殘障者就業服務協會頒發之「終身義工證書」

參加第四屆泰瑞法克斯慈善路跑記者會
參加人權肖像揭示記者會（馬批扁故意缺席）

二十六日　青年公園第一次誓師大會
馬英九白皮書印發補強版

二十七日　客家後援會成立
公布客家政策白皮書

二十八日　至軍功路豐華天藍社區坍方地表示關切

二十九日　單小琳砲轟扁團隊
聯合民調出爐（馬41%、扁32%）
券商工會證券業支持馬英九後援會成立（引發業界議論）
會勘文山區大型山坡地開發案

三十日　新書發表會
連戰約見馬英九
治安及交通「你快樂嗎？」宣傳篇新文案出爐

十月

一日　單小琳出任總部副總幹事兼發言人
扁團隊告單小琳，單小琳稱遭到「白色恐怖」

	馬英九競選團隊成立
	至新竹縣新埔鎮義民廟立誓「發展客家政策」
	至苗栗縣通霄鎮馬家村祭祖
二日	公布環境生態白皮書
三日	WIN98青年社區服務隊成立
四日	馬永成因喝花酒事件公開道歉（林火旺要求扁也應道歉）
	馬英九與太太至華納威秀觀看《搶救雷恩大兵》
	發表「馬英九三度空間螢幕保護程式」
五日	拜訪文山區清潔隊興隆分隊意外吃閉門羹
六日	扁陣營批陳健治涉嫌關說
七日	提出教育白皮書政策
八日	羅文嘉、李鴻禧向馬團隊下戰書
九日	發布台北城改造備忘錄
	赴新光摩天大樓提出改造台北城五議題
十日	三黨代表至福華飯店商談辯論事宜
十一日	至美崙公園參加園遊會
	三市長參選人五場電視辯論會敲定

扁挑起族群對立，馬批之

十二日　私立教育事業協會後援會成立

至萬華區果菜市場拜訪（談族群分裂）

大安森林公園第二次誓師大會

十三日　與立委參選人至基隆河舊宗段新生地了解廢土傾倒情形

社子地區拜訪基層

接受來華參加國慶之國外媒體訪問

十四日　台大後援會成立（自發性後援會已達六百個，預計可達一千個）

出席勞工團體和科技界之座談會（建構網路新都）

總工會幹部座談會，提出勞工政策

三合一選舉領表

十五日　工業團體成立後援會（共六十九個，尚有七十個不表態）

新同盟會表態支持馬英九

瑞伯颱風來襲，馬英九至社子島、天母、南港慰問

十六日　巡視災區（南港、景美、社子島）

十八日　至青年公園外白色恐怖公園預定地，參加五〇年代政治受難者秋祭活動

二十日　以路跑方式造勢完成登記

　　　　　單小琳「貪贓枉法案」首度開庭
　　　　　候車亭電子看板廣告出爐
二十一日　至扶輪社演講（批扁行政不中立）
二十二日　台北捐血中心捐血
　　　　　電視競選廣告新市民篇、長跑篇出爐
二十三日　士林後援會成立
二十四日　第一場電視辯論會
二十五日　競選總部正式成立（李連宋爲馬站台）
二十八日　電視辯論宣布無限期擱置
二十九日　前往南港國宅了解災情
　　　　　大同區後援會成立
　　　　　許榮棋率眾蛋洗總部
三十日　　公布網路行動白皮書
　　　　　訪明華園小生孫翠鳳提四大陽光承諾
三十一日　西門町參加「麤孩子、飆台北」活動

十一月

一日　　　聯合民調公布（馬38％、扁30％）

二日　參加介壽公園休閒咖啡座活動
　　　藝文界後援會成立
三日　公布財經政策白皮書
四日　赴國民黨中常會專題報告「台灣第一、台北第一——打造世界級首都」
　　　至西華飯店二十樓與金庸共餐（扁馬王先後到場）
　　　參加「驫孩子」青春後援會
五日　信義區訪里長
六日　文山區興隆市場拜票
　　　商業總會後援會成立
七日　公布族群融合電視競選錄影帶、文化行動白皮書、社區行動白皮書
八日　文山區參加工商建研會舉辦之萬人登山活動
　　　參加士林區明德樂園機車服務業職業工會冬季聯誼活動
　　　公布競選主題曲〈陽光城市〉
九日　電視辯論（馬王交手）
十日　電視辯論（馬扁交手）
　　　四百多輛計程車至總部聲援馬英九
十一日　電視辯論（扁王對壘）

十二日　總部發放精美文宣（台灣第一、台北第一、紀念鱻馬）供民眾索取
十二區政見說明會起跑（中正區首場）
發表婦女行動白皮書（遭八婦女團體反擊）
十三日　至南門市場及中國商業銀行拉票
「鱻孩子」至市府前演出行動劇諷扁
十四日　選舉號次抽定
至指南宮參加全國工商團體的登山健行活動
至中影文化城參加國民黨投管會主辦之「新社會、好生活」登山健行活動
至昌吉街延平國小操場參加大同區建黨一百零四年園遊會
至民權東路六段時報文化廣場演講
至建國啤酒廠參加產業工會主辦「上青台灣啤酒八十周年慶活動」
至大安公園參加行政院體委會主辦之「紀念國父誕辰陽光健身活動」
至建國花市、玉市拜票
至華泰飯店參加民間公益團體聯誼餐會
至台大參加七十周年校慶街頭活動
至延平南路實踐堂參加一貫道淨化人心演講會
至內湖國中參加內湖區政見會

至西湖後援會及西湖夜市拜票

十五日　接受台視「有話要問」專訪（批扁雖學法但不重程序）

於百齡國中舉行士林區政見發表會

十六日　公布勞工政策白皮書

十七日　舉行台灣語言文化再發展說帖記者會

十八日　顧問團成軍

蔡正元發表「跳票篇」文宣

十九日　赴圓山飯店參加文化午餐會

二十日　馬英九計程車聯合後援會成立（章孝嚴到場）

於太平國小舉行大同區政見發表會

延平北路沿街拜票

二十一日　大安區掃街拜票

參加成功國宅園遊會

參加第一場公辦政見發表會

至大安區建安國小舉行說明會

二十二日　於萬華龍山寺前十二號公園停車場舉行萬華區鄉親市政說明會

參加「迎向陽光、跑出健康」體育界造勢大會

萬華區掃街拜票

二十三日　士林區市場拜票（和扁技巧錯開）

內湖區掃街拜票

公布醫療政策白皮書

學界市政建設智囊團成立

二十四日　第二場公辦政見發表會

國民黨黨慶晚會（李牽馬的手「牽成」象徵）

接受「台北之音」專訪

內湖區掃街拜票

二十五日　北市府大門口拉票（提七大承諾）

田單黨部協助造勢

遼寧街、大直、濱江、雙連、長春、四平街、建國等市場拜票

二十六日　南港、東湖地區及中南街黃昏市場拜票

馬扮廚師營造安全新台北

信義區公所停車場「溫馨婦女之夜」

二十七日　出席田單晚會

於中正紀念堂參加一九九八全民共舞晚會

松山區傳統市場拉票
參加中正紀念堂「全民麤」晚會
松山區鄉親問政說明會

二十八日
於中正紀念堂舉辦「好戲連台、樂狂麤」晚會（蕭萬長爲馬站台）
參加南港區市政說明會
與麤軍團至西門町掃街
到動物園向參加登山健行的交通機構人員拉票
於中影文化城參加一萬兩千人的客家後援會
水源市場、東門市場向攤商拉票
參加婦女座談會（競選總部）
參加青工會主辦超級大國民活動
台北縣各界後援會成立（交通部長林豐正帶領）
至萬華區參加剝皮節活動
至寶藏巖參加弱勢團體博覽會
至中山區掃街拜票

二十九日
國民黨舉辦「一一二九超級大遊行——愛台灣鬥陣行」遊行（連到場）
接受華視「電視廣場」專訪

三十日　三黨代表協商電視辯論會
　　　　於中正紀念堂參加原味青春演唱會
　　　　至東湖、中山區（松山市場、錦州街商家）拜票
　　　　會見香港民主黨觀選團成員
　　　　最後一本行動白皮書——工務篇出爐

十二月

一日　最後一場電視辯論會
　　　參加士林區陽明高中「一二〇一牽成馬英九之夜」
二日　最後一輪掃街拜票活動「勝利團結大遊行」（士林、北投、內湖、南港）
　　　於大安森林公園參加「驫眞相之夜——馬上見眞章」晚會
三日　外籍記者會（總部前）
　　　赴松山奉天宮參加客家團結嘉年華會
　　　全天車隊遊行
　　　中正紀念堂參加萬馬狂驫之夜
四日　全天車隊遊行（文山、中正、大安）掃街（連戰陪同）

Canon 8

馬扁世紀末首戰
——再戰2012？

作　　者　游鴻程
總 編 輯　初安民
責任編輯　施淑清
美術編輯　許秋山
校　　對　施淑清　游鴻程

發 行 人　張書銘
出　　版　INK印刻出版有限公司
台北縣中和市中正路800號13樓之3
電話：02-22281626
傳真：02-22281598
e-mail:ink.book@msa.hinet.net
法律顧問　林春金律師

總 經 銷　成陽出版股份有限公司
訂購電話：03-3589000
訂購傳真：03-3581688
http://www.sudu.cc
郵政劃撥　19000691 成陽出版股份有限公司
門市地址　106台北市新生南路三段96-4號1樓
門市電話　02-23631407
印　　刷　海王印刷事業股份有限公司

出版日期　2005年8月 初版
ISBN 986-7420-65-9
定價　300元

國家圖書館出版品預行編目資料

馬扁世紀末首戰／游鴻程　著.
--初版，--臺北縣中和市：INK印刻，
2005〔民94〕面；　公分--（Canon; 8）

ISBN 986-7420 65-9（平裝）
1.選舉-台北市 2.政治-台灣 3.競選-活動

575.232/101.3　　94006651

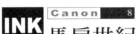

INK INK INK INK INK INK
INK INK INK INK INK INK INK
INK INK INK INK INK INK
INK INK INK INK INK INK INK
INK INK INK INK INK INK
INK INK INK INK INK INK INK
INK INK INK INK INK INK
INK INK INK INK INK INK INK
INK INK INK INK INK INK
INK INK INK INK INK INK INK
INK INK INK INK INK INK
INK INK INK INK INK INK INK
INK INK INK INK INK INK
INK INK INK INK INK INK INK
INK INK INK INK INK INK
INK INK INK INK INK INK INK
INK INK INK INK INK INK
INK INK INK INK INK INK INK
INK INK INK INK INK INK
INK INK INK INK INK INK INK
INK INK INK INK INK INK
INK INK INK INK INK INK INK
INK INK INK INK INK INK
INK INK INK INK INK INK INK
INK INK INK INK INK INK
INK INK INK INK INK INK INK
INK INK INK INK INK INK